Marian Oue

Rü Marion Dübitsch

2000

Ich, Pan, Bin eine in der Natur manifestierte
Schöpferkraft.
Ich Bin das natürliche Morgenlicht in
erwachenden Seelen, die in Erdgewändern
Entwicklungen absolvieren.
Ich Bin der Glanz in ihren menschlichen Augen
und das blaue Licht in ihren Auren.
Ich Bin der Ruf, der unaufhörlich durch
die Wälder, Meere, ja, durch die ganze Natur hallt:
»Lichtsucher Mensch, wach auf!«
In der Natur, die Ich Bin, erkennst du immer
wieder neu die Seligkeit des geistigen Erwachens.
Kein Mensch vermag dir die Fülle der
Kraft und Schönheit zu geben, die in der
Natur verankert ist und dir zu Füßen liegt als
Geschenk, das Ich Bin!

Traumgespräch mit Pan von
Silvia Wallimann

Ruth Maria Kubitschek

Das Flüstern Pans

RUTH MARIA KUBITSCHEK

Das Flüstern
Pans

nymphenburger

Der Natur
und den Wesen der Natur
gewidmet

Besuchen Sie uns im Internet unter www.herbig.net

1. Auflage Juli 2000
2. Auflage Dezember 2000

© 2000 nymphenburger in der
F. A. Herbig Verlagsbuchhandlung, München.
Alle Rechte, auch der fotomechanischen Vervielfältigung
und des auszugsweisen Abdrucks, vorbehalten.
Schutzumschlag: Wolfgang Heinzel
Schutzumschlagmotiv: Aquarell von Ruth Maria Kubitschek
Foto: Barbara Volkmer
Vorsatz und Nachsatz: Insel Reichenau,
Aquarell von Ruth Maria Kubitschek
Satz: Schaber Satz- und Datentechnik, Wels
Gesetzt aus 13/16 Punkt Pertus in PostScript
Druck und Binden: GGP Media, Pößneck
Printed in Germany
ISBN 3-485-00851-6

INHALT

I

Wo bin ich zu Hause?

»Du gehst durch den Garten deiner Gefühle und entdeckst eine große Leere. Die Leere kannst du nicht füllen, auch nicht mit Konsumieren von Gütern, die du kaufen kannst und die dich eine kurze Weile erfreuen. Du verlangst jetzt mehr, du willst tiefere, größere, unbegrenzte Erfahrungen machen.

Sei bereit, auf die Reise in ein neues Land zu gehen.

Mach dich frei und entdecke dein Universum, das Land deiner Sehnsucht.

Weißt du noch: ›Das Land der Griechen mit der Seele suchend und gegen meine Seufzer bringt die Welle nur dumpfe Töne brausend mir herüber‹, war beim Lernen der ›Iphigenie‹ dein liebster Satz. Du hast immer das Land der Griechen mit deiner Seele gesucht, bist aber nie hingefahren.

Hast du es gesucht?«

»In Büchern, ja, und in der Geschichte. Es hat mich lange Zeit mehr als alles andere interessiert und mir viele Erkenntnisse gebracht.«

»Aber deine Seele, hast du auch deine Seele gesucht?«

»Nein, eigentlich nicht. Jetzt suche ich meine

Seele und das Land ihrer Sehnsucht und das ist scheinbar nicht Griechenland.«

»Du sagst es.«

»Ja, nur wo ist dieses Land? Wo bin ich zu Hause? Warum habe ich das Verlangen, das Dorf, die Landschaft oder die Stadt auf dieser Erde zu finden, wo ich endlich zu Hause sein kann?

Obwohl ich doch bereits in der schönsten Landschaft, umgeben von meinem lebensfrohen, selbst geschaffenen Garten, wohne. In einer wunderschönen Wohnung mit einem Blick, der das Herz weitet.

Ich suche immer noch.

Ich habe aus einem Unland einen Garten gebaut: den Garten der Aphrodite. So viel Freude mir dieser Garten macht, er hat leider auch einen Schönheitsfehler: nämlich keinen separaten Zugang. Um den Garten zu erreichen, muss man den normalen Hauseingang benutzen, und in dem Haus wohnen noch vier andere Parteien. Dies habe ich bei der ganzen Arbeit mit Freunden nicht bedacht.

Eine Partei, natürlich die am meisten betroffen ist, wehrt sich mit Händen und Füßen, dass, an ihrem Balkon vorbei, einmal im Monat, am Tag der offenen Tür, Menschen in den Garten gehen.

Diese ewigen Quengeleien in den vergangenen fünf Jahren haben mich mürbe gemacht und lassen mich immer wieder zweifeln, ob es richtig war, den Garten zu bauen, und ob ich überhaupt am richtigen

Ort bin. Manchmal möchte ich nur noch fliehen, aber wohin?

Nachdem ich sogar auch noch mit vielen Steinen einen neuen Weg in den Garten gebaut habe, damit die Quengeleien aufhören, und es dann doch wieder losging, überkam mich ein heiliger Zorn – ich flippte aus und sagte mit meiner sehr geschulten Stimme, sehr präzise, dass ich meine Nachbarin für einen bösen, bösen, bösen Besen halte und dass ich ihr jeden Preis zahlen würde, wenn sie nur ginge.«

»Findest du dein Ausflippen richtig?«

»Nein, heute nicht mehr. Ich habe durch den Satz, dass sie ein böser, böser Besen sei, alles verschlimmert. So etwas sagt man nur in Wut.«

»Na ja, und nun will sie jeden Preis!«

»Ja, natürlich, alle Leute denken doch, ich hätte eine halbe Million Schweizer Franken unter dem Kopfkissen. Ja, und dass ich die nicht unter meinem Kopfkissen habe, ist mein Problem.

Wenn ich sie hätte, dann könnte ich ihr jeden Preis bezahlen und dann bräuchte ich noch mal eine Million, um den Kirschgarten gleich daneben zu kaufen, ihn neu zu gestalten und so den Garten der Aphrodite zu vergrößern.«

»Sind das deine Probleme?«

»Ehrlich gesagt, im Moment ja. Doch hinter diesen Problemen, vor denen ich gerne fliehen möchte, stehen noch andere. Natürlich nur kleine. Es ist nicht besonders angenehm, wenn ich in den Garten gehe und bei jeder meiner Handlungen mich ein verbitterter, missgünstiger Mensch beobachtet, in dessen Gesicht ich lesen kann, wie komisch er mich findet.

Nun sag ja nicht: Hülle sie in Liebe ein. Ich habe sie fünf Jahre lang jeden Morgen in Liebe eingehüllt, in der Meditation ihre geistigen Ausdünstungen aufgelöst. Wir haben als Gruppe von vierzig Personen um Einsicht und um Frieden gebetet. Eine andere wäre schon eine Heilige geworden. Und sie? Sie verharrt in ihrer Verbitterung.

Das Schwierige ist: Diese Verbitterung hat auch noch etwas mit mir zu tun. Je mehr ich arbeite, pflanze, spiele, schreibe, male und Lesungen halte, umso schwieriger wird es für sie – weil der Neid sie plagt. Nach dem Motto: Ja, die Reiche da oben, die kann sich ja alles erlauben.

Sie sieht nicht meinen Einsatz und dass das verdiente Geld als Weg, Tor oder als Pflanze im Garten eingesetzt wird.

So, das wäre erst mal das eine Problem.«

»Und das andere?«

»Willst du es wirklich hören?«

»Ja, wenn wir auf die Reise gehen wollen, müssen wir vorher das Gepäck klären – reisen wir mit leichtem Gepäck, mit einem Schrankkoffer oder einem Rucksack? Wie hättest du es denn gern?«

»Rucksack natürlich!«

»Na, dann leere mal den Schrankkoffer aus.«

»Dann muss ich zurückgehen zu meinem Geburtstag in diesem Jahr. Zum ersten Mal hatte ich unten im Garten auf der Steinterrasse mit dem eingearbeiteten Sechsstern, wo wir sonst nur meditieren, den Kaffeetisch gedeckt. Ich hatte nur die engste Familie eingeladen, weil ich an meinem Geburtstag die Ruhe liebe und gern Menschen um mich habe, die mir wichtig sind.

Es war sehr harmonisch. Chris, meine Schwiegertochter, unterhielt sich angeregt mit Wolfgang, dem Mann, der mich seit langer Zeit durch mein Leben begleitet. Er hat eine nette, charmante Art auf die Menschen einzugehen und sie dabei auszufragen. Also, er machte Chris Komplimente, was für eine schöne Frau sie sei und was sie denn so machen wolle – man könne ja schließlich nicht nur so dahin leben!

Chris meinte, da sie aus der Modebranche käme, würde sie gerne meine Bilder auf Seidenstoffe drucken lassen. Mit meinem Namen würden sich diese Tücher bestimmt gut verkaufen.

Wolfgang lehnte sich genüsslich zurück: ›Also den Zahn muss ich dir ziehen, das klappt bestimmt nicht, denn Ruths Namen hat nur noch Erinnerungswert.‹

Beng! Baff!

Chris wurde blass. Ich schluckte nur, denn ich war an seine Aussprüche gewöhnt.

Die Unterhaltung ging weiter. Keiner ließ sich etwas anmerken.«

»Wie ich dich kenne, hat dich diese Bemerkung voll ins Herz getroffen.«

»Ja, da kannst du sicher sein. Später gab ich es ihm auf eine unfeine Art zurück – ungefähr so: Er sei ja nun auch schon ein älterer Herr mit weißem Haar und müsse sich seine Sprüche genauer überlegen, nicht einfach so herausplatzen.«

»Und was hast du für ein Fazit aus der Unterhaltung gezogen?«

»Dass ich diesen Nur-noch-Erinnerungswert nicht auf mir sitzen lasse. Meine Gedankenkraft musste mir helfen.

Als ich beschlossen hatte, mich für ein Jahr ›zuzuschließen‹ und nicht mehr zu spielen, hatte das auch geklappt. Weil ich mich nicht mehr ›aufschloss‹, sind zweieinhalb Jahre daraus geworden, die ich zu den wichtigsten in meinem Leben zähle. Doch nun spürte ich, dass ich weitergehen musste.

Klug, wie ich bin, schloss ich mich wieder auf. In der Meditation bat ich meine Engel, meinen Namen, der ja doch Erinnerungswert hat, bei den Produzenten und Regisseuren in Erinnerung zu bringen und meinem Alter und Fähigkeiten entsprechend Rollen entstehen zu lassen.

Acht Tage später hatte ich die erste Rolle, nach drei Wochen die zweite und noch eine weitere in Aussicht. Dann kam sogar noch eine vierte, die ich aus zeitlichen Gründen nicht annehmen konnte. Alle Rollen, jede in ihrer Art, bezaubernd und gute Drehbücher.

Eine Rolle in der Serie ›Drei Witwen‹ wird sogar

hier in der Gegend, nur über den Bodensee rüber, in Spaltenstein gedreht. Das ist umwerfend!«

»Ja, mir ist das klar, es ist immer deine Gedankenkraft, die die Geschehnisse anzieht oder abstößt.«

»Du kannst dir vorstellen, dass ich dieses jetzt genüsslich Wolfgang unter die Nase rieb: ›Siehst du, bei mir geht es eben so. Ich bitte die Engel um Hilfe und schon habe ich eine Rolle.‹ Worauf er konterte: ›Wenn ich dich so in Bewegung gebracht habe, kannst du mir ja jetzt noch Prozente bezahlen.‹«

»Findest du nicht, dass er in letzter Konsequenz Recht hat?«

»Ja natürlich, das ist ja mein Problem mit ihm, er sagt, er hat immer Recht, auch wenn er von einer Sache nichts versteht – er hat immer Recht!«

»Mal eine Zwischenfrage: Hast du Humor?«

»Ich denke doch.«

»Dann lache darüber. Lache aus vollem Herzen. Denn das sind keine wirklichen Probleme, das sind Kindereien. Gibt es noch mehr ›Probleme‹?«

»Ich fuhr zum Drehen nach Spaltenstein über den See, nur zwei Tage. Ich hatte etwas Schiss: neue Leute, einen Regisseur, den ich nicht kannte, und Kollegen, von denen ich noch nie etwas gehört hatte.

Und, o Gott, ich hatte gleich eine Szene im Swimmingpool und musste schwimmender Weise meine Figur, die ja nicht mehr die jüngste ist, vor versammelter Mannschaft präsentieren.

17

›Wehe ihr fotografiert meine Beine, höchstens bis zur Taille!‹, gab ich lautstark vor Angst von mir.

Doch alle Drohungen nützten mir nicht viel, denn ich musste ja vor allen ins Wasser und wieder heraus.«

»Hast du es überstanden?«

»Ja, mit Humor, es hat sogar Spaß gemacht. Ich hatte mich zu der Zeit so in den Garten, in die Probleme mit dieser Frau verrannt und eingeklemmt, dass ich froh war, hinauszugehen und zu spielen. Und vor allem spürte ich, dass ich in den zweieinhalb Jahren nichts verlernt hatte. Im Gegenteil. Ich habe mehr Mut zur Komik und mehr Mut, zu meinem Alter zu stehen, und, du wirst lachen, auch mehr Weisheit.«

»Nein, ich lache nicht.«

»Ich habe begriffen, dass ich mich nicht auf meinen Berg zurückziehen kann, um in völliger Ruhe zu leben und die Welt nur noch mit meinen guten Gedanken zu überschwemmen.

Ich habe begriffen, dass ich zu meiner Meinung stehen muss, versuchen muss, in meiner Wahrheit zu leben, nicht die Hände in den Schoß zu legen und zu sagen: Ich bin jetzt Rentner, ich mache nichts mehr!

Und noch etwas haben mir die zweieinhalb Jahre Gartenarbeit und Lesungen gebracht: Jeder Mensch, dem ich begegne, ist ein Geschenk und eine Herausforderung zu prüfen, wie weit ich bin in meiner bedingungslosen Liebe. Wie beurteile oder verurteile ich noch immer – immer und immer wieder?

Wenn ich keine Begegnungen mit neuen Menschen mehr habe, kann ich auch nicht fühlen, was an alten Mustern noch in mir steckt.«

»Es kann natürlich auch ein einzelner Mensch ausreichen, all deine Prüfungen zu absolvieren.«

»Ja, du sagst es.

Doch noch einmal zurück zu den Dreharbeiten. Spät am zweiten Drehtagabend kam ich wieder heim, es war Vollmond, ich ging durch den Garten und auf den Balkon, bewunderte das Licht des Mondes und bedankte mich für alles, was mir so geschenkt wird – nichts ahnend, was inzwischen hier geschehen war.

Als ich am nächsten Morgen im Bad aus dem Fenster blickte, sah ich einen riesigen Traktor ein Feld umpflügen, in dem vorher ungefähr dreißig Kirschbäume gestanden hatten.

Ich schrie auf, ich konnte es nicht glauben – nein, das ist nicht wahr!

Ich rannte zum Balkon, vor dem der große alte Kirschbaum, der mich jeden Morgen begrüßt hatte, stand. Der große alte Hochstammkirschbaum, mein Freund, war weg – erschlagen – getötet.

Nur noch die runde, messerscharf abgeschnittene Scheibe des Stammes leuchtete mir entgegen.

Du kannst mir glauben, ich habe noch nie so einen Schmerz empfunden. Ich war verzweifelt – verzweifelt über uns Menschen, die wir so etwas tun, ohne Sinn und Verstand Bäume töten.

O Gott, was machen wir mit der Natur!

Ich war machtlos, was konnte ich tun? Ich rief den Gemeindevorsteher aus unserem Dorf an und fragte, ob man so was überhaupt dürfe. Einen Hochstamm, vielleicht achtzig Jahre alt, einfach töten? Das ist ja wie eine Kathedrale der Natur einreißen!

Die Antwort war: Ja. Da der Grund und Boden dem Besitzer seit Jahrhunderten gehörte, könne er tun und lassen, was er wolle. Er schlug mir vor, zum Flurpräsidenten zu gehen.

Das tat ich. Der Flurpräsident war auch sehr betroffen, tun konnte man nun jedoch nichts mehr.

Auf dem umgepflügten Feld würde der Bauer sicherlich neue Kirschbäume pflanzen, die alten hätten eh' nichts mehr gebracht.

Der Hochstamm hatte meiner Meinung nach wunderbar wohlschmeckende Kirschen. – Vorbei.

Die Salensteiner Gegend war, als ich 1963 zum ersten Mal hierherkam, voll hoher Kirsch- und Apfelbäume, die dieser Landschaft ihr wunderbares Gepräge geben, wenn sie in ihrer vollen Blüte stehen. Nun gibt es sie nur noch vereinzelt. Und der einzige Hochstamm vor meinem Fenster ist auch getötet.

Es klingt fast wie Hohn! Ich hatte mit gestandenen Männern wie dem Landrat Tann, dem Mostfabrikanten Hungerbühler und Herrn Hugentobler vom Gut Arenenberg einen internationalen Hochstammverein gegründet zum Schutz der großen alten

Bäume, die in der Bodenseeregion noch überlebt haben. Hier bei mir konnte ich nichts mehr tun!«

»Kannst du mir erklären, warum der Kirschbaum dein Freund war?«

»Im Frühjahr 1992 zog ich in dieses neue Haus in die obere Wohnung ein. Offensichtlich war der Kirschbaum sauer, dass man ihm ein so großes Haus vor die Nase gesetzt hatte und dazu noch eine Frau, die manchmal halb nackt vor ihm auf dem Balkon in der Sonne lag.

Ich spürte seine starke Präsenz und fing an, mich vor ihm zu schämen und mich zu bedecken. Was ich aber auch blöd fand.

Also fing ich an, mit ihm zu reden, ihm zu erklären, dass ich bei meiner Arbeit die Sonne einfach brauche und die Freiheit liebe, nahtlos braun zu werden. Schließlich stehe er auch unbedeckt, in seiner ganzen Pracht vor mir. Nur wenn er sich in sein weißes Blütenkleid einhülle, das aussehe wie ein sehr kostbares Hochzeitskleid, sei auch er bedeckt. Ich gehe in die Knie vor Bewunderung, dass vor meinem Fenster ein solcher Wunderbaum stehe.

Ich weiß nicht, welche Botschaft genau bei ihm ankam. Auf jeden Fall gewöhnte er sich mit der Zeit an mich. Wir wurden Freunde. Die Raben beobachteten mich von seiner Kronenspitze aus, schlugen jeden Morgen mit ihren Flügeln heftig an meine Fenster (relativ früh), damit ich endlich aufwache und arbeite.

Wenn der Kirschbaum Früchte trug, sie wurden meistens nicht geerntet, kamen die Vögel zu Tausenden in sein Astwerk und pickten die Kirschen. Wenn es regnete, kamen sie in einer solchen Vielfalt, um die Würmer aus der Erde zu picken, dass man Angst bekam – es war fast wie bei Hitchcocks ›Vögeln‹.

Später hatte ich das Gefühl, dass du, lieber Pan, öfter den Kirschbaum besuchst und ich dir sehr nahe war – sehr nahe, mein Lieber.«

»Ja, meine Liebe, so war es!«

»Ich versuche, den Nachbarn zu verstehen. Er hat mir das Grundstück angeboten, ich konnte es jedoch nicht bezahlen und niemand anderer hat es gekauft. Ich habe immer gebeten, er solle mir nur das Teilstück mit dem großen Kirschbaum verkaufen, doch er wollte nur alles zusammen hergeben. Ich habe etwas Gutes gewollt und etwas Schlechtes ist geschehen.«

»Ja, so ungefähr kann man das sehen. Doch du kannst nicht überall, wo Schwierigkeiten oder Missstände auftreten, ein Stück Land oder eine Wohnung kaufen. Wenn du das Geld hättest, würdest du es tun. Doch wäre dies eine Lösung für die Probleme der anderen und für die deinen?

Jetzt, wo du den Schmerz erlebt hast beim Tod des Baumes, der Bäume, wirst du versuchen, anders zu handeln, auch in deinem Garten.«

»Übrigens, der Nachbar ist im Krankenhaus. Es war so, als ob er um sich geschlagen hätte.«

»Und sich selbst getroffen hat – siehst du die Zusammenhänge jetzt im richtigen Licht?«

»Ja, ich versuche es.«

»Das Grundstück ist ein bisschen groß für den Rucksack meine Liebe.

Ich sehe dich noch mehrere Jahre Rollen spielen, um das Geld zu verdienen. Doch die Frage ist, ob es danach noch angebracht wäre, so ein Feld zu kaufen. Selbst wenn du versuchst, es in den Garten Eden zu verwandeln.«

»In den Garten Pans.«

»Danke für das Kompliment. Trotzdem wollen wir versuchen, einen anderen Garten zu erbauen, ein ganzes Universum.«

»Ein ganzes Universum, ist das nicht etwas hochgegriffen und so weit weg? Ich schaffe es doch nicht einmal, die Harmonie und den Frieden in meiner nächsten Umgebung herzustellen. In mir habe ich sie ja.«

»Aber trotzdem bist du ein Abbild der großen Geschehnisse auf der Erde. Ist da Friede und Harmonie?«

»Nein.«

»Na also, deshalb bemühst du dich ja so um den Frieden und die Schönheit in deiner Umgebung, weil du tief innen weißt, dass, wenn es dir gelingt, mit den Menschen und der Natur Frieden zu schaffen, du für das Ganze eine Gedankenform der Harmonie kreierst, die wachsen und überall entstehen kann.«

»Ich sehe, wie leicht man sich über eine Bagatelle ärgert, in Wut gerät, die sich weiter hochschaukelt bis zu Hass, damit kann man Kriege anstiften und töten, töten, töten. Der Krieg im Kleinen ist der Krieg im Großen.«

»Du weißt, ich kann dir keine Lösung anbieten, nicht einmal einen Rat. Lassen wir deine Probleme einfach so liegen, wie sie sind, und sehen sie nicht mehr als Probleme an. Probleme sind dazu da, dass du eine Lösung findest und nicht darin erstickst.«

»Ja, du hast Recht.«

»Lass uns ein bisschen lächeln, uns freuen, denn alles ist gut. Du hast Rollen, die dir Spaß machen, ein schönes Zuhause, einen Garten voller Mythen, gute Freunde, ein geliebtes Enkelkind, einen friedlichen Sohn und eine schöne und verständnisvolle Schwiegertochter und nicht zu vergessen einen humorvollen, frechen Freund und Mann. Und was hast du noch?«

»Heidi, die Gartenfee, mit ihren grünen, geschickten Händen und ihrem ritterlichen Wesen, und Müsselchen, meine Seelenfreundin. Ich habe mir meine Freunde verdient im wahrsten Sinne des Wortes. Ich diene ihnen, und sie dienen mir, und wir machen keine Rechnungen auf, wir dienen einfach einander.«

»So soll es sein.«

II

Das Land meiner Seele

»Ich lächle und bin glücklich. Ich genieße es, mit dir über alles zu sprechen, Pan.«

»Na ja, wir haben noch nicht über alles gesprochen. Ich würde sagen, es ist ein Anfang. Wie sieht es mit deinem Gepäck aus?«

»Schon leichter. Wenn es mir gelingt, aus einem Problem kein Problem mehr zu machen, es als den augenblicklichen Ist-Zustand anzuerkennen, dann brauche ich nur den Rucksack.«

»Brauchst du denn wirklich einen Rucksack?«

»Na ja, weißt du, wegen der Zahnbürste und so, ich bin auf etwas Kosmetik angewiesen.«

»Wenn du meinst – also komm.«

»Wohin?«

»Nach innen. Stell dir vor, wir gehen in dein Herz, öffnen eine Tür, kommen in eine große, rötlich gold leuchtende Halle und finden eine Treppe. Wir steigen nach unten, ich sage absichtlich: Wir steigen nach unten, in dein unteres Reich.«

»Es ist eine ziemlich lange Treppe. Am Ende sehe ich rechts und links modrige, flache Seen, sehr verschmutztes Wasser.«

»Das sind deine Wasser, die Wasser deines Lebens, die du verschmutzt hast.«

27

»O Gott, kann ich die reinigen?«

»Wenn du allem und jedem vergibst, keine Verbitterung, keinen Hass empfindest, können sich die Wasser klären.«

»Ich stehe an meinen dunklen Gewässern und suche in meinen Tiefen nach den Verbitterungen, Zurückweisungen, Ängsten und meiner großen Wut.«

»Suche, wo der Schmerz liegt, lasse ihn los.«

»Einfach loslassen?«

»Ja, lass einfach alles los, was du als Mensch eingesteckt, geschluckt und getragen hast. All die Wunden, lecke sie nicht mehr, verbinde sie nicht mehr, lass sie heilen, gib alles frei. Halte nichts fest, was es auch war, wie schwer oder leicht du es auf deinen Schultern mitgeschleppt hast, atme es aus.«

»Einfach ausatmen?«

»Ja, einfach ausatmen. Das ist Gnade, die, wenn du loslässt, alles auflösen kann.«

»Ich atme aus – fröhlich lasse ich alles los. Die Wasser klären sich.«

»Atme alles aus, auch deine so genannten letztbesprochenen Probleme.«

»Die beiden kleinen Seen links und rechts der Treppe werden rein. Ich sehe die Kieselsteine am Grund, ganz klares Wasser.«

»Das sind deine Spiegelseen, sieh' zu, dass du sie sauber erhältst.«

»Spiegelseen – hat sie jeder Mensch?«

»Ja, jeder.«

Wir gehen weiter und ich erschrecke: vor uns nur Morast und darin wabbelt und wubbelt es von Tieren, kleinen und großen, alle ziemlich hässlich. Das Moor schwappt auf unsere Füße, wir kommen nicht weiter.

Ich schaue Pan entsetzt an: »Bin das auch ich? Habe ich dieses Zeug verursacht?«

»Nicht nur du. Jeder Mensch hat seinen dunklen, morastigen Keller und es ist an der Zeit, dass ihr Menschen das endlich erfahrt und den Mut habt, runterzusteigen, hinzusehen und ihn zu reinigen.

Runtersteigen, verstehst du, nicht hoch! Unten muss sauber gemacht werden. Unter dir. Du lebst auf der Erde, hast Hunderte von Leben hier verbracht und deshalb ist hier auch dein Schmutz von Jahrhunderten. Deine Taten, deine hässlichen Gedanken, deine kleine, selbst gebastelte Hölle unter dir.

Beurteile nicht, vor allem verdamme dich nicht. Sieh' es dir wertfrei an.«

»Ganz schön beschissen«, entfährt es mir.

Pan sieht mich schräg an.

»Dein Lieblingswort, soweit ich weiß, siehst du hier manifestiert.

Gebrauche es etwas spärlicher, so du kannst!«

»Was kann ich tun, um diese selbst gebastelte Hölle aufzulösen?«

»Bitte die Erde und alles Leben in der Erde um

Vergebung, dass du in deinen vielen Leben so viel Schmutz angehäuft hast, und versuche, dein inneres Licht aus deinem Herzen über die morastige Gegend zu lenken. Tu dies voll Mitgefühl für all die Manifestationen, die du verursacht hast, und bitte sie, sich aufzulösen. Du hältst sie nicht länger fest, du brauchst sie nicht länger und gibst ihnen ihre Freiheit wieder. Willst du dieses?«

»Ja, und wie. Ich sende meine ganze Liebeskraft in das Getümmel und Licht, so viel es mir möglich ist. Alles, was da an Moder und Getier war, löst sich auf und darunter sehe ich fruchtbare, braunrote Erde.«

»Da kannst du jetzt neue Pflanzen setzen, die Licht herunterholen. Das sind Gedanken und Gefühlspflanzen der Liebe und des Entzückens.«

»›Entzücken‹, ein altmodisches Wort!«

»Findest du? Vielleicht bin ich altmodisch. Bist du bereit, mit mir weiterzugehen, weiter nach unten zu steigen?«

»Ja schon, aber wird es noch schlimmer?«

Ich schaue auf das freie Feld, das jetzt entstanden ist, die fruchtbare braunrote Erde, und bin auf einmal sehr beschwingt. Das ist mein wirkliches Feld, das brauchte ich nicht mit Geld zu kaufen. Dieses habe ich höchstpersönlich verschmutzt und höchstpersönlich gereinigt. Mein persönliches Feld – mein Land.

»Ist es das Land meiner Seele?«, fragend schaue ich Pan an.

»Es gehört zu deiner Seele. Und wenn du das Land deiner Seele erreichen willst, musst du deine Felder, deine Ländereien im Innern in Ordnung bringen.«

»Ländereien? Großgrundbesitzer?«

»Ich sagte doch: dein Universum.«

Wir gehen eine Weile über das Feld. Es ist sehr groß. Dann kommen wir in einen engen Gang und da sehe ich eine rotbraune Eisentür. Unter der Tür sehe ich Licht hervorzüngeln – nein, es sind Flammen!

Ich höre Schreie.

O je, ein Kind hinter der Eisentür in den Flammen. Ich wuchte gegen die Tür, renne in die Flammen und hole das Kind. Es zerfällt in meinen Händen zu Asche. Ich weine – ich verstehe nicht. Was habe ich alles getan. Ein Kind ist verbrannt. O mein Gott, kannst du mir verzeihen?

Die Flammen ziehen sich zurück. Ich stehe da, ganz verzweifelt, nichts als Asche an den Händen.

»Alles ist dir verziehen. Aus der Asche entsteht neues Leben. Schau dich um!«

Der Raum ist jetzt voller Licht. Er ist rund und in der Mitte ein Altar, auf dem das Kind lag. Keine Asche mehr, nur Licht.

»Das ist deine Kapelle.«

Sie besteht aus roh beschlagenen Quadersteinen. Man könnte sie mit Farben verschönern.

»Versuch's doch mal, hol Farben!«

Ich hole meine Lieblingsfarben und verteile sie in diesem Raum.

»Diese deine Kapelle wird für dein Leben ein großer Erkenntnisraum sein. Jeder Mensch hat einen solchen Raum für sich, kann zu ihm hinuntersteigen.

Für heute haben wir allerdings genug erlebt, meine Liebe, gehen wir wieder nach oben. Ich kann dir versichern, dass dein Gepäck verringert wurde.«

»Ich fühle mich leichter. Ein Problem ist kein Problem mehr, wenn ich es loslasse und als Ist-Zustand annehme.

Ich bin überhaupt erstaunt, dass wir die Geschehnisse, die wir angerichtet und verursacht haben, auflösen können durch Verzeihen und Loslassen. Das ist ja ein unglaublich gütiges Gesetz.«

»Siehst du, so einfach ist das. Und alles, was einfach ist, nehmt ihr Menschen nicht an. Es wäre doch zu simpel, Schmerzen und Verletzungen die Freiheit wiederzugeben, indem ihr sagt: ›Ich brauche dich nicht mehr, ich ändere mein Denken und mein Handeln und lasse los.‹ Es klingt frech und respektlos, ist aber wirksam.«

Ich hatte die Botschaft verstanden.

Nach diesem Erlebnis fuhr ich wieder zu den Dreharbeiten »jenseits« des Bodensees.

Wir drehten diesmal auf der Straße in Unteruhldingen an einer Bahnschranke, wie ich, im Auto des

Seniorenheims sitzend, meine Schwiegertochter in ihrem Sportwagen sehe.

Es ist immer etwas Geduld notwendig, um die jeweiligen Schnittaufnahmen in voller Konzentration zu spielen.

In mir war ein neues Gefühl des Glücklichseins, des Entzückens, um Pans altmodisches Wort zu gebrauchen, dass mir alles leicht von der Zunge lief. Noch vor zwei Jahren hätte ich mit dieser Rolle bezüglich »meiner Eitelkeit« noch Schwierigkeiten gehabt: Ich spielte eine Frau namens Luise, die von ihrer Familie in ein Altenheim abgeschoben worden war. Doch Luise büxt immer wieder aus und geht sogar auf Kreuzfahrt, um etwas zu erleben.

Ich hatte den folgenschweren Satz zu sprechen: »Auf dem Schiff können die Männer mir nicht ausweichen. Vor ihnen stehe ich und hinter ihnen ist nur noch der tiefe, blaue Ozean.«

Ja, Luise und ich sind uns in manchem ähnlich. Ich kann mich gut in sie hineinversetzen. Ebenso wie ich schätzt sie es ganz und gar nicht, wenn ihre Enkelkinder Oma zu ihr sagen. Sie verteidigt das sehr geschickt und ich folge mit Freude ihrer Argumentation. Sie meint, dass man auf einmal seine Individualität verliere und für alle nur noch die Oma sei.

Viele Leute verstehen nicht, dass man da wirklich Federn lässt. Ich kann eine wunderbare, verständnisvolle Großmutter sein, deshalb bleibe ich jedoch immer noch ich selbst, bleibe Luise oder Ruth. Der Name, den man trägt, hat ja auch eine ganz persönliche Schwingung.

Ruth ... Maria ...

Luise ...

Oma schwingt für mich nicht.

Großmutter dagegen hat etwas von der Weisheit des Alters und von Gelassenheit und es erinnert an die Große Mutter. So ist man dann die große Mutter einer Familie.

Helena, meine Enkeltochter, sagt Ruth zu mir, indem sie das »u« langzieht. Es berührt mich jedes Mal, wenn sie meinen Namen ausspricht. Nur wenn sie einen Rat braucht, spricht sie die Großmutter in mir an.

An einem der Drehtage fuhren so ungefähr vier oder fünf Kollegen im Bus mit mir ins Hotel zurück. Neben mir saß ein Kollege, den ich schon länger kenne, ein sehr weicher, sensibler Mann, der Schwierigkeiten in seiner Ehe hat.

Ich bat die beiden Kollegen links und rechts von mir, meine Hände zu wärmen, die eiskalt waren. Durch die Berührung und die Wärme fingen wir an, uns zu unterhalten.

Er erzählte, wie schwer das alles für ihn sei, dass durch die Auseinandersetzungen mit seiner Frau sogar die Blumen in seiner Wohnung eingingen und er vor Rückenschmerzen nicht mehr laufen könne.

Ich versuchte, ihm zu erklären, dass eine Ehe nicht eine Fessel fürs Leben sein dürfe. Manchmal habe man über Jahre eine gemeinsame Entwicklung, eine gemeinsame Sprache. Und plötzlich stelle man fest, dass es zu Ende sei. Geblieben sei nur noch Hass, Sich-auf-die-Nerven-Gehen, Machtkrieg. Und die Liebe, die einst so schön war, sei verflogen. Dann sei es höchste Zeit, den anderen loszulassen, denn durch Festhalten kann man ihn nicht zurückgewinnen. »Es ist halt vorbei ...« wie die Marschallin im Rosenkavalier singt.

»Geh du doch in deinem Leben weiter und lasse sie ihr Leben leben. Vielleicht könnt ihr durch das Loslassen wieder zueinander finden.«

Als ich dies gesagt hatte, drehte sich eine ganz junge Kollegin um und sagte: »Ja, das übe ich gerade: das Auflösen und Loslassen.«

»So jung wie Sie sind, finde ich das toll«, sagte ich.

Ein anderer Kollege, auch sehr jung, drehte sich um und schaute mich verständnislos an, so als ob ich einen ziemlichen Hammer hätte. Jedenfalls nicht alle Tassen im Schrank.

Ich dachte, na mein Junge, du wirst es auch noch lernen, vor allem erleben.

»Wissen Sie, was Chakren sind?«, fragte ich in den Bus. Außer dem jungen Mädchen verneinten alle. Ich war sehr verwundert. Das sind doch Menschen, die Bücher lesen, und nie ist eine Information über die Energiezentren unseres Körpers, die Chakren genannt werden und die durch Blockaden und Verschmutzungen unsere Gesundheit beeinflussen, zu ihnen gelangt.

Diese Zentren sind es, die das Geheimnis des Lebens verborgen halten, das Geheimnis unserer Lebensenergie.

Ich erklärte dem Rückenschmerzen-Kollegen, dass das Basischakra am Ende des Rückgrats den ganzen geistigen Schmutz aufnehme, den wir und auch andere verursachen.

»Irgendwann kann sich dieser Energiewirbel, der eine erdrote Farbe hat, nicht mehr drehen. Und ich weiß aus Erfahrung, dass dies unglaubliche Rückenschmerzen in Gang setzt. Dann geht man zum Arzt, bekommt Spritzen, doch die Ursache, die Verschmutzung des Basischakras, bleibt bestehen.

Es ist ein uraltes Wissen, Paracelsus hat darum gewusst und Pfarrer Kneipp auch. Die ganze Kneipptherapie geht mit dem Wasserstrahl über die verschiedenen Chakren, deshalb fühlt man sich nachher jung, elastisch, gereinigt.

Sie halten den warmen wie den kalten Strahl in deine Chakren am Rücken, an der Milz, am Solarplexus, am Herzen, am Hals und der Stirn. Nur das Kronenchakra lassen sie aus.

Ich habe früher Kneippkuren gemacht, aber nichts über die Chakren gewusst und es einfach hingenommen, dass ich nach der Kur jung aussah und alle Wehwehchen vergangen waren.«

Ich sah förmlich die verwunderten Gesichter, doch in der Zwischenzeit habe ich oft genug erfahren, dass auch ihnen irgendwann dieses Wissen begegnen wird, irgendwann werden ihnen die Schmerzen den Weg zeigen. Also mögen sie sich ruhig lustig machen über mich.

Und wenn ich das Gefühl habe, dass ich einem anderen Menschen mit meinem Wissen helfen kann, dann sage ich es, egal ob es richtig oder falsch ist.

III

*Wir weben selbst den Teppich
des Lebens*

»Pan, ich möchte dich etwas fragen, bevor wir weiter wandern. Was hältst du von der ganzen esoterischen Szene?«

»Du verlangst doch von mir kein Urteil?«

»Nein, eine Auskunft. Ich nenne mich ja selbst, mit einem gewissen Widerstreben, eine Esoterikerin. Doch ich stelle fest, dass teilweise alles andere als Herzensliebe und Fairness das Miteinander-Umgehen bestimmt. Von mir als Esoteriker wird automatisch verlangt, dass ich alles umsonst mache, nicht einmal Verträge werden eingehalten. Das macht mich traurig, denn gerade wir, die ja um die Zusammenhänge wissen, sollten es doch besser machen.

Und dann, wenn ich dies sagen darf, ist die Szene angstbesetzt. Ich bin selbst durch diese Ängste mitgegangen. Jedes Jahr gibt es neue Prophezeiungen des Untergangs, der Katastrophen, die noch auf uns zukommen werden, dass man vor lauter Angst gar nicht mehr lebt. Sozusagen in Erwartung der Katastrophen das Leben vorbeiziehen lässt, in der Warteschleife, und nichts tut, um Katastrophen zu verhindern. Nicht mehr am öffentlichen Leben teilnimmt und so auch nichts ändern kann.«

»Weißt du, wenn das deine Meinung ist, dann besteht auch dieses Problem für dich. Du solltest deine Sicht ändern. Als Mensch bist du die Summe deiner Erfahrungen. Wenn du bereit bist, treten wir wieder in deinen inneren Garten ein.«

»Ja.«

»So komm!«

»Wohin?«

»Ins Land der Unendlichkeit, zur Blume des Lebens. Zu den Schicksalsnornen, die die Blätter des Lebens weben und sich entfalten lassen.«

Wir gehen durch den Saal des Herzens, linker Hand eine Treppe hinunter, eher an der Milz vorbei.

»Ich hätte so gerne meine Spiegelseen gesehen, ob sie noch sauber sind.«

»Du wirst sie immer wieder sehen und daran erkennen, wie leicht sie beschlagen und wie schnell sie Schmutz aufnehmen.«

»Gibt es denn Schicksalsnornen? Wir haben doch einen freien Willen, unser Schicksal so zu gestalten, wie es uns beliebt.«

»Ja, aber ihr gestaltet nicht, ihr lasst gestalten. Diese Schicksalsnornen halten eure Fäden locker in der Hand und knüpfen die Verbindungen, wenn die Zeit reif ist, einen neuen Schritt zu wagen oder einen wichtigen Menschen zu treffen. Die Zufälle eures Lebens sind die Ergebnisse eures Handelns, eures Denkens, die euch dann zu-fallen, sozusagen in den Schoß fallen.

Ihr müsst jedoch auch bereit sein, sie anzunehmen, dem so genannten Zu-Fall eine Chance zu geben, das neue Spiel des Lebens erkennen und mit Hilfe der Schicksalsgöttinnen diese Fäden neu zu knüpfen.«

»Und ich darf da hin zu diesen Göttinnen, diesen Schicksalsnornen?«

»Heute ja. Diese Begegnung fällt dir zu, da du reif dafür bist.«

Wir steigen unendliche Treppen hinunter. Ein schwaches Licht, das von den Wänden ausgeht, zeigt uns den Weg. Am Ende der Treppe empfängt uns strahlende Helle und wir treten ins Freie.

»Ein Garten!«, entfährt es mir überrascht.

»Der Garten der Göttin. Es ist der Garten von Erda – Terra – Gaia – Demeter oder wie ihr die Göttin der Erde nennt, der schönsten Frau, die du dir vorstellen kannst. Venus – Aphrodite – Isis – Athena und Diana, alle Göttinnen sind ihre Schwestern im Ausdruck an Schönheit.

Schönheit ist ein Verdienst. Man ist nicht nur einfach schön, Schönheit entsteht durch deine Werke. Die Werke, die du tust, lassen Schönheit entstehen.

Deinen Knochenbau zum Beispiel, den Ausdruck deiner Augen, die Form deines Mundes, die Kopfform und deinen Körperbau.«

Vorsichtig und ehrfurchtsvoll betrete ich den Garten der Göttin.

Blühende Apfelbäume und, o nein, Bäume mit goldenen Äpfeln.

»Ist das der Garten der Hesperiden?« Ich sehe Pan fragend an.

»Wenn du so willst, seine Entsprechung hier in der Erde.«

Ein Hauch der Unendlichkeit streift mich. Ich stehe mitten in der Erde, in einem zartrosa Sonnenlicht, im schönsten Apfelgarten, den man sich überhaupt vorstellen kann. Die Bäume stehen graziös, ihr Haupt erhoben zum Licht gedreht, und tragen Blüten und gleichzeitig Früchte. So muss Avalon gewesen sein, durchfährt es mich.

»Früher waren immer Entsprechungen des Gartens der Göttin auch oberhalb der Erde und konnten ihre schöpferische, heilende Wirkung über das Erdengeschehen aussenden und den Schicksalsnornen helfen, die Geschicke der Menschheit immer wieder zum Guten zu wenden. Es waren immer Priesterinnen, wie Morgane, Aspekte der Göttin, der Großen Mutter, die diese heilenden Tempelgärten in ihren Händen trugen. Denke an Delphi, auch dort kam die Weisheit aus der Erde.«

»Ich habe mir immer vorgestellt, dass die Schicksalsnornen in einem dunklen Gewölbe sitzen, dunkle Halbgötter sind, so wie bei Wagner oder in den alten Sagen, und wir eigentlich von ihnen nichts Gutes zu erwarten haben.«

»Die Mythen auf eurer Erde wurden immer verbogen, mit Halbwahrheiten durchsetzt und von den dogmenreichen Religionen als Machtinstrument missbraucht. Ein Unterdrückungssystem der Sagen und Märchen, um euch von dem einfachen Weg der Wahrheit in einen Wald voller Widersprüche zu führen, um eure eigene Intuition zu brechen oder gar nicht zuzulassen. Die Weiterführung haben jetzt die Medien übernommen.

Zu viele falsche Bilder werden euch eingehämmert, dass ihr gar keine eigenen Bilder haben könnt. Eure Träume werden erstickt. Eure Schöpferkraft wird massiv zerstört – oder besser gesagt, man will sie zerstören.

Doch in diesem neuen Jahrhundert wird euch ein neuer Geist aus diesem verworrenen Wald wieder hinaus ins Freie führen. Und überall wird die Wahrheit offenbar werden, dazu gehört auch die ganze esoterische Szene, um auf deine Frage zurückzukommen.

Was auch an negativen Auswüchsen da wuchert, das Erwachen so vieler Millionen ist das Werk der vielen neuen Bücher, auch der Prophezeiungen.

Manchmal muss man mit Kanonen nach Spatzen schießen, damit ein Aufwachen überhaupt möglich ist. Verstehst du das?«

»Ja natürlich.«

Wir gehen die ganze Zeit während der Unterhaltung durch diesen duftenden Garten.

»Weißt du, der Duft ist wie Balsam für die Seele. Bei uns duftet es nicht mehr in den Gärten.«

Er schaute mich voller Mitgefühl an.

»Ich weiß, wie sehr du den Duft entbehrst. Genieße ihn hier umso mehr, so kannst du es in der Erinnerung in dir und um dich herum immer und überall duften lassen.

Weißt du, das Parfüm ist in eurer Welt ein Ersatz für den Duft der Blumen.

Deshalb geht es dieser Industrie so gut, weil sie die Ursehnsucht der Menschheit nach dem verlorenen Duft der Blumen, der Natur, nährt.«

Inzwischen gehen wir auf einen von acht Säulen umgebenen Tempel zu, der von zart gewebten Teppichen umgeben ist.

»Gewobene Menschheitsgeschichte liegt hier zu deinen Füßen.

Du würdest dich oft auf diesen gewebten Schicksalsmelodien wiederfinden. In Atlantis, in Troja, in Ägypten, in Israel, in Griechenland, in Ungarn, Frankreich usw., aber das wollen wir heute gar nicht betrachten. Das Vergangene ist auch im Jetzt. Du bist heute alle diese gewebten Teppiche. Deine Muster kannst du selbst ändern, deshalb musst du sie dir nicht einprägen.«

Wir gehen die mit Teppichen ausgelegten Stufen zum Tempel empor. Die Teppiche haben keine Ähnlichkeit mit denen auf der Erde. Die Farben sind tief dunkel oder sehr hell. Viele sind mit Gold und Silber durchwirkt oder ganz aus glänzendem Metall, tief schimmernd, von metallischem Licht durchzogen.

Nun stehen wir im Tempel vor drei ganz jungen Göttinnen.

Sie haben acht Webstühle aus durchsichtigem Material, worauf in unendlichen Linien Millionen feinster Fäden liegen. Sie wandeln von einem Webstuhl zum nächsten und kontrollieren die Fäden, die sich selbst knüpfen. Nur manchmal legen sie einen neuen Faden dazu.

Sie beachten uns nicht. Nach einer langen Weile schaut mich eine von ihnen durchdringend an. Sie hat dunkles, in Wellen fallendes Haar bis zur Schulter, ihre Haut ist sehr braun. Ihre Augen sind von einem tiefen Lapisblau mit einem Schimmer von Gold.

»Ruth Maria, erinnerst du dich? Wir kennen uns.«

»Ja, ich habe dich gesehen, als ich in Hamburg im Hotel Hanseatic nach einer Zahnoperation schmerz- und angstverzerrt auf dem Fußboden lag, weil ich im Bett nicht schlafen konnte. Da sah ich dich, du ragtest jedoch bis in den Himmel, riesengroß, und du warst nackt.«

»Manchmal erscheine ich so. Ich wollte dich trösten, weil du solche Angst um deine Zähne hattest.«

»Darf ich etwas fragen?«

»Ja, bitte frage!«

»Warum habe gerade ich, die ich auf meine Zähne zum Sprechen und Spielen so angewiesen bin, solche Zahnprobleme? Schon als Kind wurde mein halber Unterkiefer nach einer Typhuserkrankung entblößt. Was habe ich in früheren Leben verbrochen, dass ich dieses Zahnproblem in diesem Leben auf der Speisekarte habe?«

Ein helles, fröhliches, fast kindliches Lachen erhellt dieses schöne, archaische Gesicht.

»Hört euch das an, Schwestern. Der übliche Satz der Menschheit: Warum gerade ich?

Warum habe gerade ich diese Krankheit?

Warum stecke gerade ich im Unglück?

Warum muss gerade ich sterben?«

Nun lachten alle drei, nicht hämisch, es war eher ein befreiendes Lachen.

»Warum gerade du, Ruth Maria? Glaubst du, immer die Wahrheit gesagt zu haben? Niemals Menschen durch das Wort manipuliert zu haben, keinen Fluch, keine Verwünschungen, Verurteilung und Urteile ausgesprochen und in die Tat umgesetzt zu haben in deinen vielen Leben?

Diese Zähne haben dich verlassen. So ist es nun einmal. Erhalte dir die, die du noch hast – durch liebevolles, verständnisvolles Verhalten.

Keine Strafe. Es ist das Gesetz des Lebens: Was du aussäst, kehrt zu dir zurück. Aber ansonsten«, sie sieht mich fröhlich an, »bist du ja recht gesund.

Auch eine Widerspiegelung.«

»Darf ich noch Fragen stellen?«, fragte ich mit Blick auf Pan.

Er nickte.

»Deshalb sind wir hier.«

Ich schaue meine Schicksalsgöttin – ich will sie so nennen – an und frage: »Kann man aus den Fäden der einzelnen Menschen nicht das Muster der ganzen Menschheit herauskristallisieren? Vielleicht kann man so auch herauslesen, wohin die Menschheit geht oder gehen will?«

Die Göttin mit den lapisblauen Augen hält verschiedenfarbige Fäden in ihren Händen und sagt: »Schau, noch sind diese Fäden jungfräulich. Die Menschen knüpfen, durch die Schritte, die sie gehen, durch ihre positiven oder negativen, lebenserhaltenden oder lebensvernichtenden Maßnahmen, diesen Teppich der Zukunft selbst. Denke nicht, wir knüpften die Fäden! Wir beobachten nur und können manchmal, wenn wir gute Ansätze spüren, lenken, etwas Segnendes hinzutun, ermutigen, unterstützen ... Mehr nicht.

Ihr Menschen webt den Teppich eures Lebens, seine schönen oder hässlichen Muster selbst. Und die Menschheit als Ganzes muss sich nun schon sehr beeilen aufzuwachen und die Fäden ihres Lebens in die eigenen Hände nehmen und sich weder von einer Regierung noch einer der Weltreligionen verweben lassen.«

»Nur, wie können wir Menschen aus dieser eisernen Klammer, in die man uns eingespannt hat, ausbrechen?«

»Durch Selbstbesinnung.«

»Ja, aber wie besinnt man sich auf sich selbst? Wie tut man dies? Wie kommt man dahin, sich selbst zu besinnen.«

»Bleib da, wo du zum Zeitpunkt deines Lebens im Moment gerade stehst, stehen. Einfach stehen oder setz dich hin oder leg dich ins Bett.

Schau dich um, was dich umgibt. Von der Wohnung, über die Dinge bis zu den Menschen.

Gefällt es dir, wolltest du es so? Wolltest du dich damit wirklich umgeben?

Schau deinen Mann an oder deine Frau. Wolltest du sie oder ihn genau so? Welche Menschen umgeben dich, mit wem bist du durch den Faden des Schicksals am nächsten verbunden? Wolltest du diesen Menschen so hautnah? Willst du ihn immer noch? Wenn nicht, schneide den Faden durch, auch wenn es wehtut.

Was arbeitest du? Nützt deine Arbeit der Erde oder dem Leben? Wolltest du diese Arbeit, macht sie dich glücklich, macht sie dir Freude?

Wenn nicht, schneide mutig den Faden durch.

Den Mutigen gehört die Welt!

Du wirst immer etwas Neues, Sinnvolleres finden, du musst jedoch zuvor den Faden durchschneiden, nie etwas aus Gewohnheit oder Angst weiterführen.

Und noch etwas ist wichtig: etwas für die Allgemeinheit zu tun. Du brauchst nicht die Menschheit verbessern und retten. Kehre erst mal vor deiner eigenen Tür und versuche, ob du in deiner nächsten Umgebung etwas erhalten, verschönern oder aufbauen könntest – dein eigenes Umfeld wieder zum Blühen bringen, in einer Stadt, einem Dorf oder einer Straße.

Überlege immer, ob du so leben willst, wie du lebst, und wenn nicht, ändere es. Schneide die alten Fäden durch, dann können wir dir einen neuen elastischen Faden reichen, eine Kreuzung schaffen aus neuen Begegnungen, die deinen Horizont erweitern und den Strom deines Lebensflusses in ein neues Flussbett fließen lassen. Und merke dir, bevor du etwas haben willst, solltest du erst einmal etwas geben.

Der Fortschritt der Menschheit hängt davon ab, ob der Einzelne gewillt ist, Verantwortung für all sein Tun zu übernehmen. Für seine Arbeit, seine Energie, von der er lebt, was er isst, welches Auto er fährt oder nicht, wem er dienen will oder nicht.

Wem dienst du in deinem irdischen Leben mit deiner Energie, deiner Intuition, dem Leben oder dem Untergang?

Siehst du, deshalb kann ich dir nichts über das Schicksal der Menschheit sagen. Die Fäden liegen in eurer Hand. Spinnt sie gut, wacht auf, seht euch an, krempelt die Ärmel hoch und vernichtet nicht den Boden, auf dem ihr leben dürft.

Lernt wieder schauen, lernt zu unterscheiden und vor allem selbst zu denken und eure ureigensten Entscheidungen zu treffen. Auch eine falsche Entscheidung ist eine Entscheidung und kann weiterhelfen, das Leben wieder fließen zu lassen.

Das Leben ist nicht außerhalb von euch, ihr seid das Leben.

Die Erde – eure Mutter – liebt jedes einzelne ihrer Kinder. Doch lieben diese Kinder auch die Erde?

Euer Problem, das wisst ihr selbst, ist euer rücksichtsloses Verhalten, eure maßlose Grausamkeit gegenüber eurem Planeten, der euch trägt.

Und das Gesetz des Lebens ist ganz einfach: Wie es in den Wald hineinschallt, so schallt es auch heraus.«

»Dann kann ich mir vorstellen, was uns noch passiert.«

»Wir wissen, dass wir dir nichts Neues sagen. Du weißt dies alles, viele Menschen wissen dies zutiefst in ihrem Innern. Wir wissen auch, dass an Scheidewegen der Menschheit neue Kräfte wachsen, so genannte Wunder geschehen, die die Ausweglosigkeit aufheben. Löst euch alle aus der Angst vor Veränderung und von der Angst, alles zu verlieren.

Wenn du alles verloren hast, hast du nichts mehr zu verlieren. Du bist auf dich selbst geworfen und erst dann merkst du, wie kostbar du bist und wie leicht es sich leben lässt. Nur in deinem Innern ist der Schatz, den du heben kannst – sollst. Webe den Teppich deines Lebens mit Achtsamkeit und die Blume des Lebens wird sich entfalten.

Wir Schicksalsnornen sind keine dunklen, bösen Göttinnen. Wie du siehst, sind wir fröhliche Arbeiterinnen im Garten der Mutter Erde, Dienerinnen der Menschheit. Wir beobachten euch in Liebe und tiefer Sorge. Wir würden euch für dieses neue Jahrtausend gerne völlig neue Muster knüpfen, aber ihr müsst die Visionen, die Bilder, an uns senden. Bilder der Vollkommenheit, nicht Bilder der Zerstörung. Diesen Rat können wir dir mit auf den Weg geben.

Und hier, sieh auf diese Blume. Sie zeigt auf einen kleinen Teppich zu ihrer Linken. Siehst du in der Mitte die Rose. Sechs Blätter hast du entwickelt. Die Knospe ist noch geschlossen, aber bereit, sich zu öffnen.

Gehe fröhlich weiter in die Tat, ohne Druck, du hast alle Zeit der Welt. Du wirst es schaffen und wir hoffen, die Menschheit auch.

Bringt eure Blumen zum Blühen, webt den Teppich der neuen Zeit, des neuen Zeitalters in leuchtenden Farben. Wir, die Weberinnen des Lebens und eurer Schicksalsfäden, stehen euch in Liebe zur Seite. Glückauf, der alte Gruß der Bergleute begleite euch und dich mein Kind.«

Sie wandten sich wieder an ihre Arbeit und Pan und ich gingen den Weg zurück.

Am nächsten Tag hatte ich auf der Insel Mainau einen Drehtag für die »Drei Witwen«.

Ich ging also als Luise mit meinem Film-Enkel, relativ volltrunken nach dem Tod des Filmsohnes, auf die Insel Mainau ins Schmetterlingshaus, das mich übrigens sehr beeindruckte. Diese zarten, farbigen, fliegenden Gebilde, die aus den doch etwas hässlichen Raupen ausschlüpfen und auf einmal fliegen können und ihr Aussehen total verändert haben, ließen mich hoffen, dass wir Menschen eines Tages die wundervolle Befreiung auch erlernen.

Auf der Insel Mainau hatten sie alles, was ich im Kleinen auch gern hätte für unseren Garten: Gewächshäuser, Pflanzen, die sie selbst ziehen, und sehr viel gerade Fläche.

Die Menschen strömen auf die Insel, ich bezweifle allerdings, ob ihnen bewusst wird, wie wertvoll und einmalig die alten Bäume der Mainau sind und welche Ausstrahlung so viele Blumen auf die Menschen haben, wenn man sie wirklich betrachtet – sie wirklich in sich aufnimmt. Beim Betrachten einatmet und ausatmet.

Als ich den Mammutbaum unten am Anlegeplatz der Schiffe begrüßte, war er sehr erstaunt und erfreut und meinte, dass es heute sehr selten vorkomme, dass ihn überhaupt jemand sähe. Er ist außerordentlich groß und sehr beeindruckend – und eigentlich gar nicht zu übersehen.

Wie immer war das Drehen mit sehr viel Geduld verbunden.

Ich hatte mir ein Buch über Ernährung mitgenommen und kam nach langen Stunden dran, wurde nass gemacht, wieder getrocknet, wieder nass gemacht.

Nachts wurde es auch im Schmetterlingshaus kalt und ich spielte – immer wieder nasse Haare, nasse Kleider – meine verzweifelte »Saufszene«.

Weil ich alles genau vorher, vor meinem geistigen Auge gesehen hatte, spürte ich nur nach, das heißt, ich gab etwas schon Erprobtes, meine Melodie dieser Szene, genau wieder.

Obwohl ich pitschnass war und für die Szene weinen musste, war ich in meinem Innern doch glücklich. Der kleine Junge, der meinen Enkel spielte, fragte um halb zwölf Uhr in der Nacht: »Wie machst du das, dass du auf Befehl weinen kannst?«

»Nicht auf Befehl, aber auf Konzentration. Doch das verstehst du noch nicht, mein Junge.«

Ziemlich müde fuhr ich nachts um ein Uhr über die Grenze nach Hause. Es war noch immer eine neue Erfahrung für mich, nach einem Drehtag noch heimzufahren.

Am nächsten Tag besorgte ich mit Heidi, der Gartenfee, in Zürich Kleider für die Rolle der Charlotte in »Zwei alte Dickköpfe«, die auf einem Schiff gedreht werden sollte.

Durch Heidis Ausdauer, die in jeden Kleiderständer kroch, fanden wir ein Abendkleid und ein sehr schönes Oberteil für mich.

Damit begab ich mich nun auf die Reise nach Hamburg zur Kostümprobe. Ich hatte acht Tage vorher wenig gegessen, damit ich überhaupt in die Kleider hineinpasste.

Rundungen sind heute nicht mehr *in*. Es wird nur noch ohne Busen für Kindergrößen und schmale Schultern geschnitten. Man bricht fast in Tränen aus, wenn man doch noch etwas findet und einigermaßen darin aussieht.

An diesem Tag hatte ich Glück: Ich bekam von Maria Rinaldi einige einfach und elegant geschnittene Kleider, die eine schöne und kluge Frau aus der Firma extra in Bologna für meine Rolle geholt hatte.

Meine selbst gekauften Sachen aus Zürich wurden auch akzeptiert und würden auf dem Schiff hoffentlich entsprechend wirken – in der Rolle der Charlotte natürlich!

»Weißt du, Pan, dass mir dies alles einen unglaublichen Spaß gemacht hat, das Wühlen in schönen Kleidern und das Anschauen im Spiegel, dass ich für mein Alter noch ganz akzeptabel aussehe.«

»Das eine schließt das andere nicht aus. Du kannst tief in dich hineinsteigen und wieder heraus. Alles sollte dir solchen Spaß machen. Du kannst dir Klamotten und Schmuck anheften, so viel du willst, Geld und Häuser haben meinetwegen, du darfst jedoch an nichts haften. Du solltest immer bereit sein, alles wieder loszulassen und einfach zu gehen und ohne alles ebenso glücklich zu sein.

Das Haften ist das Gepäck, das Haften bringt das Elend. Das Haften an Menschen wie an Dingen. Sei frei, hafte an nichts mehr!«

»Ich übe seit langem, an nichts mehr zu haften. Es ist mir auch schon öfters gelungen, alles zu lassen – sowohl Dinge als auch Menschen.«

»Du hast oft den Faden durchschnitten, manchmal sogar zu früh. Doch dann konnte man dir einen neuen, noch schöneren Faden reichen.«

»Das Erlebnis mit den Schicksalsfäden hat mich sehr beeindruckt. Man sagt ja oft, der Lebensfaden ist zu Ende oder durchschnitten oder ich habe den Faden verloren. Ich muss den Faden wiederfinden. Meine Fäden haben sich verwirrt.

Ich spüre, wie wahr solche Sprichwörter sind.

Nach der Kostümprobe ging ich übrigens noch auf die Suche nach einem Obstgeschäft; es war allerdings schon zu spät. Durch heftiges Glockengeläut zweier Kirchen angelockt, ging ich in eine, in die viele philippinisch aussehende Menschen hineingingen.

– Katholisch –

Ich ging wieder hinaus. Und ich nehme an, das warst du, der sagte: ›Warum bist du so intolerant und willst nicht mal einen katholischen Gottesdienst mitmachen?‹«

»Ja, das war ich.«

»Ich bin also zurückgegangen. Es war Allerheiligen, und es wurden sozusagen alle Heiligen ange-
rufen.

Auch Thaddäus, einer der zwölf Jünger Jesu, der
mich durch mein Leben begleitet.

Es war interessant, die Messe mit einem deutschen und philippinischen Priester anzuhören. Es
waren wenig Deutsche, mehr Philippinos in der
Messe.

Nur wenn die Priester immer von uns als Sünder
sprachen, wurde ich ganz nervös.

Nun hatten wir alle Heiligen aufgerufen, uns zu
helfen. Wichtig wäre jedoch gewesen, ihnen zu
sagen, wobei sie uns helfen sollten.

Allerheiligen – o ihr Heiligen, die ihr die Vollkommenheit des göttlichen Menschen errungen
habt, helft uns, dass wir in eure Fußstapfen treten
können, den wahren Menschen gebären, das wirkliche Kind Gottes werden, wie ihr es geworden seid.«

»Ein frommer Wunsch, meine Liebe. Du kannst
sicher sein, dass ihn die Heiligen zur Kenntnis nehmen.«

»Na, dann kann ich ja ruhig schlafen heute
Nacht. Übrigens, findest du nicht, dass ich für mein
Alter doch recht tüchtig und wendig bin?«

(Noch kurz ein Selbstlob.)

»Seit wann sprichst du denn vom Alter meine
Liebe, dass ich nicht lache.«

»Bitte lache! Ich liebe die Unterhaltung mit dir, ich finde sie auch komisch.«

»Komisch? Ja, findest du es denn normal?«

»Allmählich schon, es ist mir ein Bedürfnis.«

»Dann sprechen wir weiter.«

»Übrigens habe ich in der Nacht nach dem Gottesdienst ganz schlecht geschlafen. Ich war zu müde, mich geistig zu reinigen, obwohl ich mit der Dusche alle Chakren durchgespült hatte, war ich irgendwie belastet. Ich will es jedoch nicht auf die katholische Kirche schieben.«

»Mm, wäre vielleicht zu einfach.«

»War es vielleicht die Schwingung von Allerheiligen?«

»Alle heiligen Feste, die ihren Ursprung im Keltentum haben, also heidnisch sind, haben ihre Auswirkungen im menschlichen Sein. Bei dir in dem Fall im Hellwachsein.«

»Danke.

Übrigens, weil wir vom Anhaften gesprochen haben: Leider haftet meine Lesebrille, eine neue leichte, nicht mehr an mir. Ich habe sie bei der Suche nach Dingen, die uns noch für die Rolle fehlten, verloren. Die Brille hat mich losgelassen und ich muss sie auch loslassen, obwohl es schmerzt, sie war erst vier Wochen alt.

Dann muss ich dir erzählen, wir haben in einem kleinen italienischen Restaurant etwas gegessen, und als ich aufstand, sah ich dich auf einem Wandteppich abgebildet – ich habe, ohne es zu merken, unter dir gesessen. Zufall?«

»Es gibt keinen Zufall, du siehst ich bin allgegenwärtig.«

»Das beruhigt mich.«

IV

*Die Verantwortung liegt bei
jedem Einzelnen*

»Heidi hat im Garten inzwischen den Reschenpass, einen Weg, der nach unserem Freund so benannt ist, neu mit Steinen aufgekiest und nach dem Mond die Sträucher geschnitten. Unsere missgestimmte Hausgenossin schneidet uns auch weiterhin. Weißt du, dass mich die Sache mit ihr wahnsinnig belastet? Ich treffe wochenlang niemanden aus dem Haus. Doch sie treffe ich immerfort; sie ist immer gegenwärtig. Warum, warum nur dieser Knüppel zwischen den Füßen?«

»Willst du wirklich eine Antwort?«

»Ja bitte – bitte!«

»Damit du dich nicht um anderer Leute Lernprobleme kümmerst, dich nicht einmischst. Du musst lernen, auch sie loszulassen. Und ihr müsst ein Nebeneinander finden, trotz eurer entgegengesetzten Chemie.«

»Ich finde es schwer, weil ich durch dieses tägliche Konfrontiertsein mit diesem beleidigten Gesicht weich werde und sie am liebsten um Verzeihung bitten würde, dass ich sie nun mal angeschrien habe. Auch keine Lösung?«

»Nein, noch nicht. Weil der Kern von ihr aufgeweicht werden sollte.

Du bist Werkzeug für ihren Lernprozess und sie
für dich, tröstet dich das etwas?«

»Ja, allerdings nur etwas.

Nun bin ich wieder verhaftet in den Problemen,
die ich doch einfach so lassen wollte. Eigentlich will
ich doch an deiner Hand das Land der Seele finden,
suchen, erwandern.«

»Alles, was du tust im Außen, gehört auch zum
Land deiner Seele. Sie nimmt die täglichen Erfahrungen auf, speichert, ohne zu beurteilen, und
sucht mit dir den Weg der Vollendung.

Du kannst den Weg der Vollendung nicht nur in
der Stille finden.

Das Alles-Umfassende, dein Fühlen, dein Tun,
dein Denken, im Außen wie im Innen, macht deinen Seelenreichtum aus.

Stell dir vor, du pflückst einen Blumenstrauß für
einen geliebten Menschen. Jede Blume verkörpert
einen Aspekt der Natur. Wenn der Blumenstrauß
alle Aspekte vereint, ist er vollkommen.

Versuche im Moment, den Frieden in dir zu stärken. Stell dir vor, dass dich Frieden begleitet, wohin
du auch gehst. Der Friede sei in dir, unter dir, über
dir, neben dir.

Versuche Frieden und Ruhe auf alles auszustrah-
len, was dir begegnet.

Die Erde braucht den Frieden, übe ihn aus.«

»Friede sei mit ›ihr‹ – das bitte ich jeden Tag.«

»Du kannst sicher sein, sie wird ihn finden.«

»Das wäre zu schön, um wahr zu sein.«

»Aber nun weiter in Hamburg. Aus der Zeitung erfuhr ich, dass Gyula Trebitsch, der Produzent, der mich hier im Westen mit Kortner entdeckt und mir sozusagen den Faden für meine Karriere gereicht hat, seinen fünfundachtzigsten Geburtstag feierte.

Ich fuhr vom Madison Hotel zum Atlantic Hotel, gab meine Koffer ab und schrieb einen Brief an Wolfgang, der aus Mexiko kommen sollte, offensichtlich jedoch noch nicht eingetroffen war.

Ich schrieb, dass ich schnell ins Studio Hamburg fahren würde, um Herrn Trebitsch zu gratulieren und ihm einen Blumenstrauß zu bringen.

Der Taxifahrer fuhr alle Umwege, die es überhaupt zum Studio gab. Ich kam erst nach einer Stunde dort an und sah zu meiner Überraschung, dass es eine Riesen-Veranstaltung war. Ich dachte, Trebitsch sitzt in seinem Büro und nimmt die Honneurs entgegen. Denkste!

Presse, Fernsehen, Kollegen, Produzenten und alles, was in Hamburg Rang und Namen hatte, war schon da – und Wolfgang ebenfalls.

Nachdem er mich mutig vor den Leuten umarmt hatte, fragte er mich: ›Was machst du denn hier?‹

›Ja, ich will Trebitsch gratulieren.‹

Nein! Er konnte es nicht fassen! Meine Naivität, in diese illustre Gesellschaft hineinzuschneien, ohne Einladung!

›Ja, aber Wolfgang, sie haben mir alle versichert, wie sehr sie sich freuen, mich zu sehen.‹

Er konterte: ›Es bleibt ihnen ja auch nichts anderes übrig.‹

Wie findest du das, Pan? Hier hatte ich doch Gelegenheit, meinen Namen, der ja laut Wolfgang nur noch Erinnerungswert hat, den Leuten durch meine Gegenwart und in ihrer Mitte wieder einzuprägen. Von den Engeln wunderbar ›gefügt‹. Ich kam in meiner Unwissenheit genau pünktlich.«

»Siehst du, das sind Schicksalsfäden, die darauf warten, geknüpft zu werden. Das Entscheidende ist, was du und die Produzenten daraus machen.«

»Ja. Nur leider behielt Wolfgang wieder einmal Recht. Ich machte dem Intendanten von Mainz ein Kompliment wegen seiner Rede. Er sprach über den platonischen Standpunkt, dass ein Mensch nicht nur für sich wachsen kann, sondern immer dadurch, dass er der Gemeinschaft diene. Er sah mich an und ich merkte, dass ihm mein Name nicht einfiel und er ziemlich leise Frau Leuwerik zu mir sagte. (Immerhin heißt sie auch Ruth.)

Ich wusste nicht, dass Wolfgang hinter mir stand und alles mithörte und sich köstlich amüsierte. Das war Wasser auf seine Mühle.

›Da haste ja noch Glück, dass er nicht Frau Schell zu dir gesagt hat!‹

Und dies verbreitete er genüsslich in dieser illustren Gesellschaft.

Doch etwas anderes berührte mich an diesem Morgen viel mehr: das Lebensmotto von Trebitsch. ›Das Leben zu lieben, um liebend zu leben‹, ein Satz von Kokoschka.

Trebitsch strahlt diese Liebe aus, dieses Den-andern-wachsen-Lassen.

Seine Tochter Katharina, bei der ich gerade die ›Drei Witwen‹ drehe, machte mir Komplimente, wie gut ich als etwas versoffene Großmutter gewesen sei. Sie hätten mir diese Rolle nicht zugetraut und eigentlich die ›Luise‹ sterben lassen wollen am Suff, nun überlegten sie jedoch, wie man die Rolle weiterführen könne.

›Bloß nicht um jeden Preis‹, sagte ich, ›nur wenn die Rolle Biss hat, sonst lassen sie mich lieber sterben oder heiraten.‹

Ja, du siehst, Pan, ich bewege mich wieder in der Welt und jetzt bin ich in der Stille – in der Stille mit dir.

Ich reiche dir meine Hände und mein Herz und folge dir.

Wohin?«

»Zurück?«

»Kann man denn zurückgehen?«

»In der Fantasie und in der Zeit auch.

Komm, wir nehmen den Hinterausgang durch das Wurzelchakra zu deinen Wurzeln.«

Das Wurzelchakra ist ebenfalls wie das Herz eine riesige, rötliche Halle, wie eine Fabrikhalle mit vielen Knotenpunkten und Linien, die die vier Hauptachsen durchziehen, sternenförmig.

Wir gleiten an der Achse nach unten ins Reich der Mitte. In Raum und Zeit.

Mein Wurzelchakra wird ganz heiß. Ich befinde mich gleichzeitig hier und dort.

»Was siehst du?«

»Raum, einfach Raum, rötlichschwarz. Manchmal sehe ich einen Lichtfunken.«

»Du kamst aus dem Raum, als Lichtfunken in die Zeit, in den Schoß der Erde, um hier als Manifestation des Lichtes Gottes in deine Menschwerdung zu treten, und Mutter Erde hat den Lichtfunken so lange genährt, bis du geboren werden konntest in der Materie. Spürst du deine Mutter, deine Mutter Erde?

Spürst du den Lichtfunken Gott, die Göttin, das All-Licht?

Spürst du die tiefe Verbundenheit mit der Erde?

Aus Licht in der Materie geformt, um eines Tages wieder Licht zu werden.

Als Mensch in den verschiedenen Entwicklungsstadien dienst du als Verbindungsglied und gibst das Licht als Dank an diese heilige Materie weiter.

Madre – Materie – Mutter.

Das von vielen verachtete Wurzelchakra, die Wurzel deines Seins, beherbergt, birgt und schützt alle Geheimnisse sowie deine Erleuchtung, denn die Kundalinikraft geht von deinem Wurzelchakra aus nach oben zum Kronenchakra und nicht vom Kronenchakra nach unten.

Du bist mit allem, was ist, verwandt, aus demselben Stoff. Da müsste es doch möglich sein, eine gemeinsame Sprache zu finden, eure Urverbindung wieder herzustellen, die Heilung möglich macht.«

»Entschuldige.«

Ich werde aus meiner Verbindung, aus meiner Stille herausgerissen.

»Joyce, die Kostümbildnerin von ›Drei Witwen‹, rief an, dass wir morgen die Brosche und die Ohrringe brauchen, die ich bereits Juwelier Zobel zurückgegeben habe.

Wir haben eine Szene übersehen, hauptsächlich ich. Die Ohrringe sind nach Berlin verkauft, die Brosche nach Nürnberg. Joyce hat trotzdem gelacht und hofft, dass sie alles wieder herholen kann. Ich habe dieses Chaos verursacht, weil ich den Schmuck zu früh zurückgegeben habe.

Nicht genug aufgepasst. Es ist wie beim Film, der Alltag hat mich wieder.«

»Siehst du meine Liebe, das sind die Überraschungen des Lebens. Was lernst du daraus?«

»Dass ich noch mehr aufpasse und mir nicht echten Schmuck borge.«

»Ach, das wäre schade, es schmückt dich doch. Und Schönheit zu zeigen, Kostbares zu tragen ist

69

wie ein Lächeln. Also trage, lächle weiter und pass besser auf.«

»Übrigens, meine Brille haftete doch an mir, ich habe sie wieder, sie lag in Hamburg beim Zahnarzt.«

»Gratuliere, da hast du ja wieder einen guten Durchblick.«

(Letzten Endes war die ganze Aufregung um den Schmuck völlig umsonst. Joyce hatte die Ohrringe und die Brosche aus Goldpapier und falschen Steinen hergestellt, weil wir den Schmuck aus Nürnberg und Berlin nicht bekamen. Dann regnete es den ganzen Tag und die Szene mit mir wurde gestrichen, weil die Produktion einen Drehtag mehr nicht bezahlen wollte.

Ich brachte also den Ring und den Armreif, die noch vorhanden waren, zu Juwelier Zobel zurück und zeigte ihm den Goldpapierschmuck. Er rief seine Leute zusammen und fand es geradezu »geil«.)

»Ich habe für Weihnachten eine Goldkette angepeilt, die ich auch in der Rolle auf dem Schiff gerne tragen würde. Wenn es passt, schenke ich jeder Rolle einen Schmuck, damit sie mir gewogen wird – auch der ›Charlotte‹. Findest du das äußerlich?«

»Schöner Schmuck hat, wenn man ihn bezahlen kann, sogar etwas Heiliges. Goldblättchen am Hals können dein Halschakra schützen und deine Strahlung reinigen und unterstützen. Dieser Schmuck von Zobel hat etwas Ägyptisches, ist gut für dich.«

»Hast du ihn denn gesehen?«

»Natürlich, durch deine Augen. Du bist dir immer noch unsicher, mit wem du da sprichst: Ich, Pan, bin an deiner Seite. Eine Weile werden wir miteinander gehen, gemeinsam lernen, lachen, lieben und vor allem leben und schreiben, was wir ja gerade tun.

Du hast schon gespürt, dass wir Stille brauchen. Dieses Gefühl, ganz bei dir zu sein. Ich begleite dich an dieses Tor, das Tor zum Christusbewusstsein, das Wichtigste in deinen Inkarnationen. Habe den Mut, diesen Weg zu gehen.«

»Oh, ich hoffe, ich schaffe es und ich bin dankbar, dass du mich begleitest.«

»Komm, gib mir deine Hand, wir gehen wieder ins Wurzelchakra.«

Ich sehe erneut den Raum. Etwas helleres Rot und den Lichtfunken am Schnittpunkt in die Zeit.

»Und wie komme ich aus der Zeit wieder heraus?«

»Durch das Christusbewusstsein, durch Entwicklung. Die Querachse sind deine Inkarnationen in der Zeit, mit den vielen Fächern und Fäden, die alle Chakren durchziehen. Die höchste Energie liegt in deiner Wurzel, die hochsteigend den Kelch deines Bewusstseins öffnet und durch die die Christuskraft durch die Vereinigung von oben und unten geboren wird. Sie wird sozusagen entflammt, daher das Wort Erleuchtung. Der Erleuchtete ist dann im

Christusbewusstsein, ja, er ist zum Christus geworden. Diese Entwicklung ist für jeden Menschen vorgesehen und möglich. Ihr müsst dieses Ziel nur endlich als eures erkennen und nicht aus den Augen verlieren.

Noch mal zusammengefasst: das Wurzelchakra verbindet Zeit und Raum, oben und unten, Gott und Erde.

Vernachlässigt nicht das Wurzelchakra und haltet es nicht für niedrig.

Nichts ist niedrig!

Du sagst oft: Mein niedriges Selbst ist schuld, wenn du etwas Falsches getan hast. Sag doch einfach: Ich habe etwas falsch gemacht und daraus gelernt.

Etwas völlig falsch machen kann man gar nicht; es biegt sich alles wieder gerade.«

»Und die Inkarnationen, die man auf der Erde hatte, sollte man die kennen? Wenn wir schon auf der Querachse, der Zeitachse, sitzen?«

»Nein, unwichtig. Du warst auch nicht nur auf der Erde. Es ist nur das Heute interessant und wichtig für deine Entwicklung, dass du offen für alle deine Möglichkeiten bist, alle Begrenzungen entlässt, ausatmest, sie dankbar auflöst.

Was vergangen ist, ist unwiederbringlich vorbei.

Verweile nicht in deiner Vergangenheit. Damit beschwerst du deinen Körper unnötig mit einem Schmerz oder einer schwierigen Situation. Wenn nun dieses Gepäck immer schwerer und schwerer wird, ist es allmählich nicht mehr zu ertragen und du wirst krank.

Es ist eine irrige Annahme, dass man sich in unendliche Trauer begeben muss, wenn jemand stirbt. Das hilft weder dem Hinübergegangenen noch dir selbst. Du blockierst damit nur dein ganzes System und hältst den Hinübergegangenen in deiner Atmosphäre gefangen, wo er nicht mehr hingehört. Vergiss nicht, der Tod ist wieder ein Anfang und nicht das Ende.

Alles Schwere, das ihr erlebt, sollt ihr in irgendeiner Weise versuchen anzunehmen. Dies kann durchaus beinhalten, dass ihr einige Tage tief betrübt seid, weint oder allen Schmerz hinausschreit. Doch dann solltet ihr versuchen weiterzugehen. Ihr solltet weder den Schmerz noch den Toten noch das Erlebte versuchen zurückzuholen.«

»Gilt man damit nicht als herzlos in dieser Welt?«

»Mach dir doch nichts daraus! Es sollte dir egal sein, was die Leute über dich reden; gehe nur immer weiter – weiter auf deinem Weg. Der Schicksalsfaden bleibt bei einem schweren Erlebnis hängen, du musst ihn selbst lockern, damit er weiter weben kann, sonst hast du zu viel Knoten in deinem Gewebe und irgendwann reißt dann der Faden.

Der Ursprung der meisten Krankheiten der Menschen liegt in einer nicht bewältigten Vergangenheit. Solche Krankheiten entstehen, wenn wir die Vergangenheit nicht loslassen, sondern immer daran festhalten und sie weiter mit uns herumtragen.«

»Darf ich dich mal etwas fragen? Der Zweite Weltkrieg ist seit fünfzig Jahren vorbei und plötzlich verlangen einige Geschädigte eine Wiedergutmachung von den Deutschen, von denen sie misshandelt wurden. Es hätte ihnen wirklich früher einfallen können.«

»Es sind nicht die einzelnen geschädigten Personen, die dies verlangen, sondern Institutionen und Vereinigungen, die mittels Anwälten inzwischen abgeschlossene Geschehnisse wieder hervorholen. Denn meist sind die eigentlich Geschädigten und auch die Verursacher längst gestorben.

Damit wird durch ein Streben der Menschen nach Gerechtigkeit von längst vergangenen Situationen wieder neues Unheil angerichtet, anstatt sich mit den Problemen im Hier und Jetzt auseinander zu setzen.

Die Vergangenheit kann nur durch einen Akt des Verzeihens geheilt und abgeschlossen werden. Dies ist ein langwieriger und schwieriger Vorgang, der sich aus vielen Einzelschritten zusammensetzt. Eine positive Grundhaltung wird von allen Beteiligten unbedingt vorausgesetzt. Solch ein Prozess kann sich manchmal über Generationen hinziehen. Schon die nachfolgende Generation sollte aus dem

Vergangenen lernen und damit ihren Beitrag leisten, die Geschehnisse abzuschließen. Durch Vergeltung und Rache wird Schreckliches ständig am Leben erhalten.

Wenden wir uns besser wieder den heutigen Geschehnissen zu und vergessen diese nicht beim Anblick des alten Gepäcks. Unsere Aufgabe ist eine Bewältigung im Jetzt.«

»Jetzt ist die Zeit!«

»Zeit ist eine Fiktion, nur der Augenblick ist ganz dein, nütze ihn. Du besitzt nichts auf der Erde als den Augenblick.«

»Manchmal habe ich das Gefühl, mir gleitet ein Tag durch die Finger. Dies geschieht, wenn ich morgens nicht meditiere, dann bin ich den ganzen Tag nicht zentriert. Die Zeit des Tages zerbröselt, den einzelnen Augenblick kann ich gar nicht fassen.«

»Du siehst, darin liegt die Kraft der Meditation. Damit verbindest du dich mit Gott oder der Göttin, mit deinem höheren Selbst, deiner Seelenkraft. Es spielt keine Rolle, wie du es nennst.

Durch die Meditation holst du diese Kraft in dein Bewusstsein und mit Gott wird alles leichter und sinnvoller. Dann gelingt dir alles, was du dir vornimmst.

Rufe ihn, verlange nach ihm, auch zwischendurch, während du arbeitest, und du wirst Wunder erleben. Zu zweit seid ihr stark.

Wie würde die Menschheit heute dastehen,

wenn sie Gott annehmen würde und nicht gegen Gott Kriege führen würde, so wie sie es derzeit tut?

Denn Gott und seine Kraft lassen sich nicht für Kriege einsetzen. Gott führt keine Kriege gegen die Menschen. Er führt keine Kriege gegen sich selbst. Wenn ihr Kriege führt, seid ihr ohne Gottesbewusstsein.

Gott lässt euch die freie Wahl, Dinge zu tun oder zu lassen. Wenn ihr Kriege führt, ist es eure Entscheidung. Deshalb könnt ihr Gott nicht nachher für dies verantwortlich machen, was ihr gewählt habt.

Eine Behauptung oder Beschuldigung, wie Gott solche Kriege zulassen kann, wie die Weltkriege oder den Krieg in Serbien, zeigt, dass ihr die von ihm geschenkte Freiheit nicht verstanden habt. Es ist eure Entscheidung, nicht seine. Es liegt nicht in seiner Verantwortung, sondern ihr habt dafür geradezustehen und Gott nicht dafür anzuklagen.

Kriege sind nicht vergebenes Gepäck der Völker, Rachedenken und Vergeltung auch noch nach Hunderten von Jahren. Im Sog des kollektiven Unbewussten herrschen die Gesetze der Masse, die diese Rache beinhalten. Deshalb sollte sich jeder Einzelne bewusst von der Meinung der Masse trennen, um als Einzelperson einen Schritt auf dem Vergebensweg weiterzukommen. Tun dies viele Menschen, jeder für sich, so entsteht auch in der Summe ein großer Schritt vorwärts.

Du hast die Verschmutzungen deines Feldes gesehen und gereinigt. Die Verantwortung liegt bei jedem Einzelnen selbst. Reinigt eure ganz persönlichen Felder, damit erst haben die morphogenetischen Felder eines ganzen Volkes die Chance wieder sauber zu werden. Erst dann können neue Visionen die Felder wieder erblühen lassen.«

»Mein lieber Pan, das hört sich ganz schön hart an!«

»Und noch etwas, mein Kind. Die Entwicklung neuer Technologien ist nicht aufzuhalten. Jetzt kommt es auf das Wie an, auf die Ethik. Die Technik darf nicht euch beherrschen. Ihr müsst sie dazu benutzen, um bessere Lebensbedingungen für alles Leben auf der Erde zu schaffen und dies immer zum Wohle allen Lebens.

Alles, was du dem Lebendigen an positivem und negativem Handeln zufügst, trägt das Muster deiner Energie. Es wird, meist sogar verstärkt, als Echo und Antwort auf dich zurückstrahlen. Das ist die göttliche Gerechtigkeit.«

V

Sei gelassen inmitten von
Lärm und Hast

Auf der irdischen Ebene bin ich damit beschäftigt, den Eingang in den Garten freizuschaufeln. Dazu habe ich einen Kantonalbeamten bestellt, um zu prüfen, ob ein Noteingang genehmigt würde. Ich müsste dazu vom Nachbarn ein paar hundert Quadratmeter Land erwerben.

Jetzt geht es wieder rund mit mir. Was soll ich tun?

Heute Nacht um halb eins klopfte es an meine Schlafzimmertür. Von da an war ich schlaflos. Was sollte diese Schlaflosigkeit bedeuten?

Ich musste früh aufstehen, um an den heutigen Drehort, das Fabrikgebäude der Firma Schiesser, nach Radolfzell zu fahren. Als ich mich beim Richten im Spiegel betrachtete, erschrak ich. Denn nach dieser schlaflosen Nacht sah ich aus wie »Hatscheks Hund«. Jetzt begriff ich, dass es an der Zeit war, alles Begehren fallen zu lassen und mich nicht wegen eines nicht vorhandenen Eingangs so unter Druck zu setzen.

»Bitte hilf mir, dass ich wirklich alles loslasse.«

»Uff, das war eine schwere Geburt, bis du das kapiert hast.«

»Weißt du, Pan, in schwierigen Situationen wie

heute Nacht habe ich es noch nicht geschafft, meine Emotionen unter Kontrolle zu halten. Und dann finde ich dich nicht.«

»Wer, glaubst du, hat geklopft?«

»Du?«

»Hm.«

»Ich hatte das Gefühl, ich werde gekocht. Das gleiche Gefühl wie damals, vor acht Jahren, als ich in diese Wohnung einzog. Damals war es hauptsächlich im Kopfbereich. Heute bin glücklich, dass ich ganzheitlich gekocht werde.«

»Nimm es an, auch wenn du im Moment nicht in die Stille kommst. Nimm es einfach an.«

»Gut, ich werde versuchen, es anzunehmen.«

Scheint aber, dass ich langsam weiter vor mich hin köchele, denn nun habe ich auch noch ein Stück Zahn von einer Jacketkrone verloren. Das macht mich sonst ganz wahnsinnig, zumal ich doch kommende Woche zum nächsten Film nach Santo Domingo in die Dominikanische Republik und dann auf das Kreuzfahrtschiff musste!

Komischerweise blieb ich diesmal ganz ruhig. Vielleicht konnte es ja der Zahnarzt im Dorf richten. – Und tatsächlich, er konnte es kleben.

Ich war froh, denn ich hatte noch in der Kunsthalle im Allgäu eine Lesung und Bilderausstellung. An einem Wintertag wie aus dem Bilderbuch mit meterhohem Schnee fuhren Heidi und ich nach Isny. Die Kunsthalle, eine von Friedrich Hechelmann und Joseph Baschnegger umgebaute Fabrik, hat mich schon vor Jahren begeistert. Vor der Eingangstür stand damals eine Skulptur der Siegesgöttin Nike. Auf dem Sockel stand: »Die Wissenschaft ist mächtig, der Kunst stehen die Engel bei.«

Inzwischen sind Hechelmann und Baschnegger mitsamt den Bildern und Skulpturen ins Schloss Isny umgezogen. Sie haben eine Stiftung gegründet und eine Europa-Akademie aufgebaut, in einem ehemaligen Kloster, Schloss, das vorher als Altenheim genutzt worden war. In dieses etwas verlotterte Altenheim, in die gut proportionierten Räume mit den riesigen Fenstern, ist die Schönheit wieder eingezogen. Der Anblick dieser Ausstellungsräume raubte mir fast den Atem und versetzte mich in wahre Begeisterung.

Friedrich Hechelmann hatte ich vor zehn Jahren bei einem Seminar zum Thema »Engel« kennen gelernt. Ich fühlte zu ihm eine geistige Verwandtschaft; wir waren auf gleicher Wellenlänge, fühlten uns wie voneinander angezogen. Es war eine tiefe, wirkliche Begegnung.

Jetzt trafen wir uns wieder.

Als Helena die Einladung vom Schlossmuseum gesehen hat, war ihr Kommentar zu der wirklich gelungenen und schön gestalteten Karte: »Da könnt ihr abpfeifen.«

Also, wir pfiffen begeistert ab.

Ich war verliebt in ein Original von Hechelmann aus »Orpheus und Eurydike«. Es war ein Bild, auf dem die Wasser des Geistes, wie aus dem Urmeer kommend, in Form eines über viele Kaskaden schwingenden Wasserfalls vorsichtig in die irdische Ebene fließen.

Um mir dieses Bild leisten zu können, musste ich zuerst noch ein bisschen Geld verdienen. Ich kaufte mir dafür einen archaischen Bronzekopf der Aphrodite und eine kleine Skulptur der Siegesgöttin Nike, die waren absolut erschwinglich.

Am Morgen in der Kunsthalle las ich mein Weihnachtsmärchen.

Friedrich Hechelmann war anwesend. Ich las ein bisschen auch für ihn und sah in seinen Augen das glückliche Leuchten eines Kindes.

Anschließend zeigte er Heidi und mir die Räume seiner Europa-Akademie, in der man Malerei und Bildhauerei studieren kann.

Die Arbeiten der Studenten lagen auf den Tischen in den lichtdurchfluteten Räumen. Wir waren hingerissen von der Art und Weise, wie Hechelmann uns die einzelnen Arbeiten erklärte.

Außerdem erzählte er uns, dass er an einem neuen Buch schreibe. Ausgerechnet über Pan! Dann ergab sich eine komische Situation beim Einladen der »Aphrodite« ins Auto. Ein Baum schüttete plötzlich seine Schneelast auf uns. Hechelmann zog den Kopf ein. Heidi rief zu dem Baum: »Nicht doch, Pan!« Ich musste mir mit einem Tuch den Schnee aus den Haaren reiben. Hechelmann meinte: »Pan, das tut ganz schön weh, wenn man keine Haare mehr auf dem Kopf hat.«

Anschließend lud uns Hechelmann zu sich zum Tee in den Schiedelhof ein. Ich flippte fast aus vor Freude, als ich diese wunderschönen Räume sah. Es begann schon am schmiedeeisernen Eingangstor, das einen Baum darstellte mit all diesen feinsten Verästelungen. Weiter ging es mit einem kleinen Teich mit Springbrunnen vor dem alten Bauernhaus, alles tief, tief verschneit. Die Küche mit dem Feuerofen, das blauweiße Pan-Zimmer mit den Bildern der Elementarwesen, sein griechisches, tempelartiges Atelier, der Wintergarten und die Aussicht in diese wunderschöne Umgebung.

Um wieder mit Helena zu sprechen: Da können wir abpfeifen.

Es ist sicher kein Zufall, dass wir beide ein Buch über Pan schreiben. Wir sind uns in vielen Dingen einig. So haben wir beide dieselbe Wut im Bauch über die Art und Weise, wie die katholische Kirche die Macht in den letzten zweitausend Jahren missbrauchte. Außerdem sind wir uns einig, dass es unmöglich ist, Pan zu verteufeln, weil dadurch die Natur verteufelt wird.

Wir beide bauen Gärten!
Zufall?

Bei frisch gebackenem Apfelstrudel mit Vanille-soße flossen sinnvolle Gespräche.

Als ich das aramäische Vaterunser in diesem kleinen Teezimmer sprach, gingen mehrere Engel durch den Raum.

Heute ist der letzte Tag im November, der Tag, an dem die Menschen in Shambhala ihr ganz persönliches Licht, das durch ihre Taten gewachsen ist, abgeben. Shambhala ist das Zentrum der großen Meister, die das Licht für die Erde aufrechterhalten.

Auch ich gebe heute mein Licht ab und hoffe, dass ich nicht abpfeife.

Bei einem Gespräch mit meinem Nachbarn hat es sich wieder einmal gezeigt, dass ich nicht verhandeln kann. Nachdem ich mit Müsselchen und Heidi gesprochen hatte, war ich davon überzeugt, dass es richtig ist, ein Stück Land (vierhundertundfünf Quadratmeter) zu kaufen, das uns einen Arbeitseingang in den Garten ermöglicht.

»Es ist einigermaßen vernünftig, findest du nicht?«

»Ich höre?«

»Aha. Natürlich muss ich dir gestehen, dass ich meinen gesamten Jahresverdienst in dieses Stückchen Land investiere. Mir war es nicht möglich, ihn im Preis zu drücken.

Trotzdem habe ich ein gutes Gefühl dabei, ein paar alte Apfelbäume zu schützen und den Garten etwas zu erweitern.«

»Du wolltest eigentlich gar nichts mehr kaufen, dich am Wettbewerb dieser Welt nicht mehr beteiligen.«

»Du siehst – umgefallen.«

»Ja, ich sehe, ich beurteile es nicht, gebe dir kein Lob und keinen Tadel, nach dem verlangst du doch.«

»Na ja, mit Zitronen gehandelt.«

»Du hast dich entschlossen, das ist jetzt eine Ist-Situation die wir beide akzeptieren. Die Mutter Erde ist dir dies wert.«

»Ja, ja, ja!«

Mein neu erworbenes Stück Land liegt unter einer sanften weißen Decke. Der Schnee macht das Leben um mich still – und doch bin ich alles andere als ruhig. Denn für die Rolle der Charlotte muss ich nach Santo Domingo. Selbst als ich dann endlich im Flugzeug sitze, bin ich noch voller Unruhe.

»Glaubst du, dass es diesmal mit dem Reisefieber zusammenhängt, dass ich heute um zwei Uhr nachts hellwach war? So richtig eine vom Dorf, die eine längere Reise macht? Nun bin ich müde, meine Augen tun weh und ich gespannt, wie ich am Ziel ankomme.«

»Du kannst ganz beruhigt sein. Deine Engel sind mit dir.«

»Und du?«

»Ich auch.«

»Hier im Flugzeug?«

»Ich bin in dir, meine Liebe. Das Reich des Pan ist

in dir. Wenn du bereit bist, mit mir zu sprechen, bin ich es auch.«

»Toll, ich bin beruhigt.«

Ich habe mich für die Rolle der Charlotte fit gemacht. Zweimal war ich zur Gymnastik und gestern wurde ich grundüberholt: Hände, Füße und Gesicht, sozusagen TÜV.

»Du hast mich gefragt, warum du nicht schlafen konntest letzte Nacht und die Nächte vorher. Die Schwingung auf der Erde wird meist vor Weihnachten drastisch erhöht und dieses Jahr ganz besonders. Die Menschen, die noch in irgendwelchen negativen Gedankenformen gefangen sind, leiden ganz besonders.«

Eine sehr schicke Französin fragt mich, ob ich vom Fernsehen sei, sie kenne mein Gesicht. Überall, wo ich bin, kommen mir die Menschen liebevoll entgegen. Das gibt mir das Gefühl, auf dem richtigen Weg zu sein.

Heute morgen habe ich die Tarotkarte »Kraftplatz der Schalen« gezogen. Sie bedeutet: Ich bin im Einklang mit allem. Und da ich zu viel gegeben habe, solle ich dafür sorgen, dass meine Schale wieder gefüllt werde. Ich solle meinen Kraftplatz der Fülle bauen, dass ich wieder geben könne.

Da kommt mir mein Beruf sehr entgegen, zu spielen war für mich schon immer die beste Möglichkeit, meine Schale zu füllen. Ich danke dir, Göttin, dass ich dies darf.

Wolfgang hat gestern Nacht noch ein Abschieds-
fax geschickt. Er sei neugierig, wie ich mit Klausjür-
gen Wussow und Harald Juhnke auskomme? Ob
ich seekrank werde? Und wie ich überhaupt das
Schiff aushalte?

Ja, Wolfgang, ich auch, war das Einzige, was ich
denken konnte.

Das Flugzeug verlässt nun Paris. Mögen alle Pas-
sagiere eine gute Reise haben und in eine gesegnete
Zeit hineinfliegen.

»Darf ich weiter mit dir sprechen, Pan, über Kinder?«

»Natürlich, tu es.«

»Ich habe gestern Abend noch im zweiten Band
›Gespräche mit Gott‹ gelesen, über die Erziehung
der Kinder. Wie wir fast alles falsch machen, unser
Schulsystem veraltet ist und wir sozusagen im Schla-
massel festsitzen. Es sieht so aus, als ob die Kinder
ihre Probleme nicht mehr ohne Gewalt lösen können, zum Beispiel wie in Meißen, wo ein Junge
seine Lehrerin erstochen hat.«

»Diese Geschehnisse, so grausam sie euch anmu-
ten, passieren, damit ihr aufwacht, damit ihr endlich
merkt, wie wenig realitätsbezogen viele Institutionen eurer Gesellschaft sind. Und warum sollten die
Kinder eure nicht funktionierenden Denkweisen
überhaupt übernehmen? Sie sehen ja, wo ihr alle
steht und dass ihr und sie im eigenen Dreck er-
sticken müssen: Sie wollen doch leben und Chan-

cen haben und einen Ausweg aus dieser Misere finden.

Die jungen Menschen soll man nicht voll stopfen mit Wissen, das sie gar nicht verarbeiten können. Sie sollen selbst denken lernen, ihre Unterscheidungskraft sollt ihr schärfen, ihr Selbstgefühl stärken, damit sie stark genug sind, Verantwortung zu übernehmen, für ihr eigenes Leben und auch für das von anderen.

Euer vorgekautes, veraltetes, verfälschtes Wissen nützt ihnen überhaupt nichts. Das neue Zeitalter hat einen anderen Ton. Schlagt ihn an, damit er klingen kann – im Denken, im Tun, im Kleinen wie im Großen. Seid mutig, erkennt wieder Zusammenhänge, lasst euch nicht anlügen, in falsche Straßen führen, die in einer Sackgasse enden.

Wacht doch endlich auf, ihr schlafenden Massen, ihr Schafe, die ihr euch willig zur Schlachtbank führen lässt. Wenn ihr die Gefahr des Fuchses erkennt, müsst ihr nicht mit Herzschlag zusammenbrechen, sondern aufstehen und euren Ton hinausschleudern, eure Kraft zeigen und den Fuchs in die Flucht schlagen. Ihr habt zu viel Füchse und zu viel ängstliche Schafe.«

Ich hoffe, dass es mir zumindest bei meinem Enkelkind gelingt, ein witziges Vorbild zu sein, sie anzuregen, die wichtigen Fragen zu stellen.

Zwei Tage vor meiner Abreise hatte ich mich mit Chris und Helena in Zürich bei Sprüngli im Café getroffen. Helena ging durch die Raucherabteilung, sich Luft zufächelnd, mit der ziemlich lauten Bemerkung: »Hier stinkt's aber.«

Sie nahm nur ein Croissant, trotz der großen Auswahl, und verlangte von Chris Papier und Stifte, sie wollte malen. Während wir uns unterhielten, malte sie die ganze Zeit Nikoläuse im Schlitten.

Dann musste sie aufs Klo und sie erzählte mir: »Du nimmst mich immer, obwohl du so viel arbeitest. Du hast immer Zeit für mich. Bei dir fühle ich mich frei.« Und sich in diesem kleinen Klo umschauend, meinte sie: »Hier ist es doch richtig gemütlich, wir könnten ruhig hierbleiben.«

Draußen standen bereits mehrere Frauen, die warteten. Nach diesem Plausch konnte ich Helena dann doch dazu bewegen, diesen gemütlichen Raum mit mir zu verlassen. Ihre Mutter wollte ins Museum und Helena und ich schlenderten nun allein durch die Stadt. Sie fand Zürich ziemlich schmutzig.

»Na, da musst du erst mal andere Städte sehen, Helena.«

»Was bedeutet das Wort Vertrauen, Ruth?«

»Vertrauen?« Ich kam leicht ins Schleudern.

»Wenn du das Gefühl hast, dass ich dich, was auch immer du tust, verstehe. Wenn du in Not bist, ich dir in jedem Fall helfe. Wenn du weißt, du kannst mit allem, was dich belastet, zu mir kommen, dann könnte man sagen, du hast Vertrauen zu mir.«

»Und was bedeutet nicht geheuer?«

Mir fiel meine Problemfrau ein, die mir in ihren Gefühlsschwankungen nicht geheuer war.

Helena dauerte das zu lange und sie meinte dann: »Wenn ich bei dir unten im Wald bin, ist es mir nicht geheuer.«

Im Auto versuchte ich, ihr die Fahrtzeit zu verkürzen, indem ich sie aufforderte, mit mir zu singen.

Sie wollte dann unbedingt, dass ich »Anneliese« singe. Doch weil der Text ein bisschen eigenartig ist, hatte ich das Lied vergessen.

Helena sang es mir zwar vor, ich konnte es mir jedoch trotzdem nicht merken.

Da meinte sie trocken: »Da bist du nun Schauspielerin und Malerin und doch manchmal völlig unbegabt.«

In der Zwischenzeit waren wir in St. Martin gelandet. Die Bäume, die Palmen waren durch den letzten Wirbelsturm braun und abgebrochen. Die Insel wirkte, als ob ein Feuersturm darüber hinweggegangen wäre.

Viele Dächer waren abgedeckt oder Häuser zusammengebrochen. Ich war endlich in der Karibik angekommen und wurde auch hier als Erstes mit dem Leiden der Natur konfrontiert. Zufall?

Nach zehn Tagen hatte ich die Gewissheit: Die Karibik ist nicht das Land meiner Sehnsucht. Ich hatte einen großen Teil der Rolle, der »Charlotte« hinter mir. Saß auf dem Deck des Schiffes und schaute aufs Meer. Tiefes wunderbares blaues Wasser mit weißen Schaumkronen. Ab und zu in der Ferne im Dunst helle Inseln.

Doch die Hitze war mörderisch und die Armut, die man auf der Insel antrifft, ebenfalls. Ich konnte mich auf dem Wasser nicht erden, der immerwährende Motorenlärm samt Klimaanlage störten mein ganzes System. Ich dachte immerfort an den ersten Satz in der »Desiderata«: »Sei gelassen inmitten von Lärm und Hast und denk an den Frieden, den die Stille birgt.«

Hier war es nie still. Es brummte und tuckerte und windete innen wie außen.

Ich habe all meine Kraft zusammennehmen müssen, um in einem absolut geschlossenen Raum mit Klimaanlage überhaupt schlafen zu können.

»Es fällt mir schwer zu meditieren. Und dich, Pan, hier zu erreichen, wage ich kaum.«

»Lass es auch sein, wir reden weiter, wenn du zu Hause bist. Wir beide brauchen Stille.«

»Zu Hause war ein Sturm mit Windstärke zehn, es sind drei Dachziegel auf Heidis Auto gefallen. In welcher Form wird die Natur mit uns sprechen in nächster Zeit? Ich gebe zu, ich habe Angst davor.«

VI

Keine Angst mehr zu haben wird
segensreich sein

Am Nachmittag, nach dreißig Stunden Wachsein, kam ich in Zürich an.

Heidi holte mich glücklich ab; die Regierung – wie sie mich immer spöttisch nennt – war wieder da.

Ich wurde sogleich verpflichtet, in meinem Auto die Elektronik auf das neue Jahrtausend umstellen zu lassen. So bestimmt sie über mich!

Daheim warteten Chris und Helena auf mich. Helena wollte um jeden Preis bei mir bleiben und bei mir schlafen. Ich war glücklich darüber, obwohl ich hundemüde war.

Dann habe ich zehn Tage gebraucht, um wieder in die Ruhe, die Stille zu finden.

Der Weihnachtstrubel war endlich vorbei und ich versuchte zu lesen, zu schlafen, zu meditieren.

»Nun grüße ich dich.«

»Guten Morgen, meine Liebe.«

»Du siehst, meine Angst war berechtigt. Am zweiten Weihnachtsfeiertag kam der Sturm. Ich wurde sofort aufmerksam, als Sachen auf dem Balkon herumflogen. Als ich alles in Sicherheit gebracht hatte, wollte ich Heidi anrufen, wegen des Gartens. Da klingelte es, sie war schon da.«

Wir setzten alle Blumenkübel von den Säulen auf die Erde und während wir unten im Garten fieberhaft arbeiteten, zertrümmerte der Sturm oben am Eingang unsere schönste Terrakotta-Statue (Primavera), obwohl sie verankert gewesen war.

Heidi jammerte: »Warum? Warum gerade diese, unsere schönste Frau?«

Ich war relativ gefasst, weil mir klar ist, dass wir für alles bezahlen müssen, was wir in der Natur angerichtet haben.

Auf einmal sahen wir, dass unsere beiden Zypressen (Romeo und Julia), die auch am Eingang im größten Wind standen, verdächtig wackelten.

Wir brauchten männliche Hilfe! Der Stein-Ilg kam sofort und half uns, Pflöcke tief in die Erde zu schlagen und die Bäume auf diese Weise zu befestigen. Und Romeo und Julia waren erst mal gerettet.

Als ich wieder oben in der Wohnung war, sah ich, dass beim Nachbarn die große Zypresse umgefallen war, allerdings so geschickt, dass sie nichts beschädigt hatte. Von unserem Dach flogen die Ziegel herunter, diesmal jedoch zum Glück nicht auf Heidis Auto.

»Findest du diesen Sturm ungerecht?«, höre ich plötzlich wieder die Stimme Pans.

»Nein«, antworte ich überzeugt, »ich glaube, dass der Sturm, der über uns hinwegfegt, alte Muster zerstört, auch alte Formen mitreißt, und ich könnte mir vorstellen, dass die Bäume sich opfern.«

»Und wenn Bäume Menschen erschlagen?«

»Dann hat das bestimmt etwas mit diesen Menschen zu tun. Du hast mich gelehrt, dass es keinen Zufall gibt. Vielleicht war auch meine Statue, so schön sie aussah, am Eingang in den Garten falsch.

Ich akzeptiere den Sturm.«

»Gut so – und in Frankreich?«

»Ich denke zurück an den Atomversuch 1995, den Chirac in der Südsee durchgesetzt hat – entgegen aller Warnungen.

Auch ich habe damals auf den Straßen Unterschriften gesammelt, sogar Briefe an Helmut Kohl und Jacques Chirac geschrieben und dagegen interveniert. Das Büro von Kohl schrieb zurück, dass man einer befreundeten Nation nicht in ihre Angelegenheiten hineinreden könne. Ich wollte mich nicht damit zufrieden geben. Schrieb weitere Briefe an bekannte Persönlichkeiten, doch waren die Reaktionen alle relativ nichts sagend.

Der Sturm fliegt über Frankreich. Die ganze Nation der Franzosen hat die Verantwortung für solche Versuche an die Regierung abgegeben. Nun wird sie an ihre Verantwortung erinnert.

Schmerzhaft muss ich sagen.

Den Leib der Mutter Erde darf man nicht so respektlos behandeln.

Das Meer wird von verantwortungslosen Reedern verschmutzt, die Schiffe mit Öl beladen, die dann in der Mitte auseinander brechen. Der Kapitän des Schiffes, auf dem ich gedreht habe, hat mir gesagt: ›Eigentlich ist es gar nicht möglich, dass ein Schiff in der Mitte auseinander bricht.‹

Ich sah genau solche alten verrosteten Schiffe in der Bucht vor Venezuela stehen, alle mit Öl beladen. Die ganze Meereinfahrt vor Venezuela war ein Benzinteppich, in allen Farben schillernd. Nach allem, was ich auch in der Karibik gesehen habe, bin ich noch mehr entsetzt über unser Tun. Wie nachlässig, wie respektlos, wie verantwortungslos wir mit der Erde umgehen! Ich sehe für uns keine Hoffnung mehr – uns kann nur die Gnade retten.«

»Der Sturm soll euch wachrütteln, zum Umdenken ermuntern.

Ihr könnt noch alles ändern, es ist noch nicht zu spät. Nur wenn ihr weiter schlaft, weiter Urlaub machen wollt von der Verantwortung, noch mehr Profit, noch größere Firmen, noch größere Ausbeutung, werdet ihr auch die Konsequenzen tragen müssen.

Riesen sind unbeweglich, nicht mehr zu steuern. Scheinbar wollt ihr dieses alles erfahren. Es ist eure Wahl.«

»O Pan, es wäre zu schön, wenn Gott jetzt einschreiten würde: Eine große Wolke am Himmel, Blitz und Donner und ein Machtwort.«

»Meine Liebe, nichts würde sich ändern.

Ich muss wirklich lächeln über dich. Ihr seid viel zu hart gesotten. Ihr würdet dieses Wunder wegwischen, es in ein Dogma kleiden, nach vier Wochen wieder vergessen und alles wäre wie bisher.

Denk an Tschernobyl, großes Erschrecken, vier Wochen später: alles vergessen. Ihr baut sogar neue Atomkraftwerke, obwohl ihr diese Energie nicht beherrscht.«

»Ich bin erschüttert über uns.«

»Hilft es dir?«

»Nein, es macht kraftlos.«

»So lass es!«

Das Jahr neigt sich, das Jahrhundert und das Jahrtausend ebenfalls.

Ich fragte die Engelkarten, welche Eigenschaften ich im neuen Jahr entwickeln sollte? Und ich zog die Karten »Umwandlung«, »Entfaltung«, »Spaß« und »Mut«.

Klingt doch ganz schön.

Ich befragte auch das Tarot der Tiere und zog die Schildkröte, das Symbol der großen Mutter: »Nähre meine Seele und bekleide mein Herz.«

Wie treffend für mein Denken.

»In der Meditation heute Morgen habe ich mir vorgenommen keine Angst mehr zu haben vor Krieg, Hunger, Atomunfall, vor Nachbarn und allem, was einem so Angst einjagen kann.

Bekleidet, gewappnet mit der Liebe, zu der ich fähig bin, will ich in dieses neue Jahrhundert, ins neue Jahr gehen.«

»Gratuliere zu dem Entschluss, da bin ich gespannt.«

»Der größte Angsthase der Weltgeschichte, wie Wolfgang mich nennt, entschließt sich, keine Angst mehr zu haben.«

»Und wie fühlst du dich?«

»Ich taste mich in den Tag und versuche, jeden Gedanken der Angst sofort aufzulösen.«

Draußen schneit es, ganz sacht, in dicken, weichen Flocken und ab und zu sieht die Sonne auf uns nieder. Die Natur ist heute sanftmütig.

»Ich verbrachte den letzten Tag dieses Jahrhunderts und den ersten Tag des neuen Jahres mit Helena.

Wir bauten auf der neu erworbenen Wiese, die unter dem Schnee ihren Winterschlaf hielt, einen Mutter- und Vaterschneemann zusammen mit vier kleinen Schneekindern. Wir gaben dem neuen Stückchen Erde Leben. Die Familie der Schneemänner schaute uns freundlich an.

Heidi versuchte in der Zwischenzeit die Beleuchtung des Venus-Tores zu reparieren, das durch den Sturm außer Betrieb gesetzt worden war.

Mit der ihr eigenen hartnäckigen Geschicklichkeit leuchtete nach einer Weile das Licht in das neue Jahrhundert hinein.

Meiner ›Problemfrau‹ legte ich an Silvester einen großen Blumenstrauß vor die Tür und schrieb ihr, dass es mir Leid tue, dass ich im Sommer so ausfallend zu ihr gewesen sei.«

»Gut so, meine Liebe, ihr habt beide aus dieser Sache gelernt. Du stehst, wie ich spüre, jetzt über der Situation und sie fühlt, dass sie wieder angenommen ist, und das tut ihr gut.«

»Ich danke dir, Pan. Ich bin wieder in meiner Mitte.«

Silvester kamen noch Freunde von Heidi mit ihrem Hund und wir gingen mit Windlichtern zu Abraham, dem Kastanienbaum, im Schloss Arenenberg.

Ich hatte befürchtet, dass der Sturm auch ihm geschadet habe, doch er war heil geblieben. Wir freuten uns alle darüber, stellten das Licht auf die Bank, die ihn umgibt, schossen ein paar Freudenraketen ab und wünschten ihm ein gutes neues Jahr.

Ab zehn Uhr abends waren Helena und ich allein. In jedem Fall wollte sie bis Mitternacht aufbleiben, um über Konstanz das Feuerwerk zu sehen. Ich überredete sie, das neue, große Bett einzuweihen, indem wir ab jetzt gemeinsam schlafen konnten.

Helena fand das großartig und so erzählte ich ihr dort die Geschichte der schönen Helena, der Spartaner-Königin, die von Paris nach Troja entführt worden war – in der Hoffnung, dass sie einschlafe.

Darauf erzählte sie mir jedoch die Geschichte vom Trojanischen Pferd, die sie schon kannte.

Endlich war es zwölf Uhr.

Wir zogen uns warm an, gingen auf den Ostbalkon, um das neue Jahr zu begrüßen. Das Feuerwerk, das die Konstanzer veranstalteten, war nicht nach den Vorstellungen von Helena und sie schimpfte darüber.

Gott sei Dank schossen ein paar schöne Gebilde von Ermatingen hoch.

Damit war sie wieder versöhnt und ging von allein ins Bett.

Wir schliefen glücklich ins Jahr zweitausend mit der Gewissheit, dass die Computer funktionierten und die Angst, die man uns gemacht hat, ein großes Geschäft gewesen war. Ich gebe zu, ich bin auch darauf reingefallen und das ärgert mich.

»Ärgere dich nicht, nimm' es an. Du kannst nicht von einem Tag zum anderen vom Angsthasen zum Helden werden.«

»Ich will ja kein Held werden, ich will nur nicht mehr auf alles hereinfallen, was man uns so erzählt.«

»Was für Ängste hast du?«

»Meine größte Angst ist die vor einem Atomkrieg oder einem Atomunfall oder einem Krieg überhaupt.

Ich habe Angst vor den Erdverschiebungen, der Umpolung der Erde: Wenn der Pol sich auch nur ein bisschen bewegt, weißt du ja am besten, was passiert.

Ich habe Angst vor den Auswirkungen, vor dem Wirklichwerden der Apokalypse des Johannes.

Ich habe Angst vor der Aggression der Menschen.

Ich habe Angst vor Terror und Angst vor den Wahnsinns-Ideen, die der Menschheit vielleicht noch einfallen.«

»Und deine ganz persönlichen Ängste? Hast du keine Angst vor dem Alter, vor dem Nicht-mehr-gefragt-Sein?«

»Das hält sich in Grenzen. Ich weiß, dass ich ganz bescheiden leben kann und immer fähig bin, hart zu arbeiten, was auch immer geschieht.«

»Also hast du globale Ängste?«

»Ja, hauptsächlich.«

»Keine Angst vor Krankheit?«

»Nein.«

»Also, meine Liebe, du hast keine Angst vor Krankheit, also bist du gesund. Du gibst damit der Angst vor Krankheit keine Energie.

Du gibst auch der Angst, nicht mehr gefragt zu sein, keine Energie, also bist du gefragt. Verstehst du, wie das funktioniert?

Wenn also du und viele Menschen Angst vor Krieg, Angst vor einem Atomunfall, Angst vor der Umpolung haben und diese Gedankenformen stark werden, könnten sie Wirklichkeit werden.

Ihr seid die Schöpfer eures Lebens und der Geschehnisse, die auf der Erde passieren. Gib der Angst keine Energie. Segne alles, was dir Angst macht.

Pack all diese Ängste in ein großes Paket mit rosa Schleife, verbrenne es oder übergib es dem Kosmos zur Auflösung.

Dein Entschluss, keine Angst mehr zu haben, wird segensreich sein.«

»Aber Pan, Geliebter, was hat das alles mit dem Land meiner Seele zu tun?«

»Das ist das Land deiner Seele, Geliebte. Deine Seele erfährt im Innen und Außen und wächst an der Erfahrung deiner Wahl, das habe ich dir schon gesagt.

Deshalb solltest du genau so im Außen leben: spielen, ins Theater gehen, dich vergnügen, nicht nur ernsthaft daran arbeiten, erleuchtet zu werden, oder krampfhaft zu versuchen, gut zu sein. Durch Gutsein wirst du nicht erleuchtet.

Das ganze Potenzial, welches das Leben dir bietet, solltest du nützen, durch deine tägliche Wahl.

Du weißt, das Leben ist Gott.

Das Licht, das du einatmest, ist Gott.

Verschönere das Licht, wenn du es mit deinem persönlichen Stempel ausatmest, mit Zärtlichkeit und Lachen.

Fröhlich sein, Vertrauen haben in das Leben, sich fallen lassen, singen, tanzen und danken, das wär's.

Fällt dir das so schwer?«

»Ja, weil ich immer geglaubt habe, dass man nur durch Entsagung wächst, durch hartnäckiges Streben nach Vollkommenheit. Dass man das Leben und die Wünsche in sich möglichst abtöten und das Ego mit den raffiniertesten Mordwaffen vernichten soll.

So habe ich es in vielen Büchern gelesen und war am Anfang meines Weges oft sehr verzweifelt ob der Wünsche meines Körpers.

Ich habe meinen Körper verachtet und es hat eine lange Zeit gebraucht, bis ich durch die Meditation die Weisheit meines Körpers kennen gelernt habe. Heute bin ich mir seiner Kostbarkeit bewusst.

Und ich weiß auch, dass er mir nur geliehen ist für dieses Leben. Und für alles, was mir geliehen wird, bin ich verantwortlich. Ich versuche ihn bestens zu versorgen.«

»Ja, mein Schätzchen, dann nimm' ihn so an, wie er ist. Traktiere ihn nicht mit Hungern und Kuren, er wird dadurch nicht besser.

Segne auch deinen Körper, bewege ihn, versuche seine Sprache zu verstehen, höre hin, was er dir zu sagen hat.«

»Ich danke dir.«

VII

Gedanken sind unsere
Schöpferkraft

»Ich bin wieder so weit, mit dir in die Stille zu gehen.

Ich will mein Gepäck, das durch den Kauf des kleinen Stück Lands schwerer geworden ist, mit dir ansehen.

Gott sei Dank stehen die Stämme der sechs Apfelbäume gerade noch auf meinem Grund, nur die Kronen ragen zum Nachbarn und die Früchte gehören dann ihm.

Jedes Mal, wenn man etwas erwirbt, macht es Sorgen, wird Gepäck und kostet Geld und Energie.«

»Ich habe dir weder ab- noch zugeraten. Nimm es so, wie es ist. Das ist der Ist-Zustand, den du gewollt hast. Und das Problem mit den Bäumen ist gar kein Problem, es lässt sich lösen. Komm an meine Hand, wir gehen durch dein Herz hinunter zu deinen Spiegelseen.«

»Sie sind wieder etwas trüb geworden, rechts und links der Treppe. Wieso? Was habe ich denn gemacht?«

»Du musst wieder loslassen. Lass sie los, all deine Sorgen und Ängste. All deine Bewertungen der Kollegen auf dem Schiff und der ganzen Situation in der Karibik. Nimm es als Ist-Zustand an. Du kannst weder mit deinem Rat noch mit deiner Kritik einem Menschen wirklich helfen. Auch jede vermeintliche Beurteilung einer Situation und irgendwelcher Umstände, in die eine Person hineingeraten ist, hilft nicht. Höre es dir an, lerne zuzuhören und versuche, nur Licht in die Situation zu schicken, die dir jemand schildert. Mehr kannst du nicht tun.«

»Durch diese Verhaltensweisen sind meine Wasser wieder trüb geworden? Wenn es so ist, wie du sagst, dann besteht ja keine Möglichkeit, einem Menschen zu helfen. Das macht mich traurig.«

»Deine Wasser sind auch trüb geworden, weil du unterwegs immer wieder geurteilt hast.

Da war es dir zu heiß!

Da wolltest du auf keinen Fall leben!

Das Schiff war dir zu laut!

Die Aircondition fandest du schrecklich.

Prüfe dich, was du denkst, was du sagst.«

»Aber, Pan, wie soll ich denn solche Situationen anders leben? Ich denke an die Ankunft in Santo Domingo, diese schreienden Menschenmassen, die riesigen Gepäckstücke. Ich dachte schon, ich finde meine Koffer nie wieder. Und da war da der junge Gepäckträger, der für zehn oder zwanzig Meter mein Gepäck fährt und dafür zwanzig Dollar verlangt!«

»Lachen, meine Liebe, mit Humor die Andersartigkeit der Menschen aufnehmen. Mit dem jungen Mann hättest du verhandeln müssen, nicht hinterher jammern. Lache doch über seine Schlauheit, er war dir eben überlegen.«

»Ich habe ja versucht, mit allem fertig zu werden. Ich möchte so gerne, dass meine Spiegelseen wieder rein und klar werden. Ich habe verstanden und lasse alle meine Beurteilung los, atme sie aus.«

Ein leichter Wind klärt das Gesicht des Wassers, der Spiegel ist wieder sauber. Lachend zieht Pan mich weiter.

»Komm auf deine Felder. Nach der Großreinigung können all deine Gebete hier Wurzeln schlagen.

Schau, das sind deine Segnungen. Es wächst schon die blaue Blume der Wahrheit.«

Ich bin überrascht.

»Da steht ja der Kirschbaum in voller Größe. Ich sehe aus der Erde viele kleine, grüne Triebe herauswachsen. Was soll das werden, Pan?«

Liebevoll lächelnd sagt er: »Lassen wir uns überraschen und in deine Kapelle gehen.«

Staunend nehme ich wahr, was inzwischen in diesem kleinen Raum geschehen ist. Die Bilder, die ich malte, schmücken die Wände der Kapelle und sehen aus wie moderne Fresken. Wasser, in dem sich das Licht spiegelt, apricotfarbene Ufer, violette Himmel und dazwischen Lilien, Rosen und Margeriten. Alles, was ich so in den letzten Jahren gemalt habe, belebt die Wände meiner Kapelle.

»Ich bin beglückt, Pan, entzückt und überrascht. Ist das die Entsprechung, wie oben so unten?«

»Du sagst es, meine Liebe, nichts geht verloren, alles hat sein geistiges Doppel.

Auf dem Altar liegen deine Bücher, sogar die Listen der Unterschriften gegen die Atomversuche – hier deine Meditationen.

Alles, was du für die Menschen und die Erde tust, ist hier manifestiert, nichts geht verloren. Tröstet dich das etwas?«

»Ja, vor allem wenn ich daran denke, dass ich nach meiner letzten offenen Meditation vergangenen Sonntag alles hinwerfen wollte. Ich war wieder einmal so enttäuscht vom Verhalten der so genannten Freunde.«

»Mach es nicht. Gerade in dieser Meditation ist dir eine wunderbare Verbindung der Lebensenergie der Erde und der Lichtenergie des Himmels geglückt.«

»Ich habe mich führen lassen, habe mich fallen lassen – du bist ein guter Lehrer. Weißt du, wie viel du mir bedeutest, Pan? Ich glaube mehr, als eigentlich erlaubt ist.«

»Was ist denn erlaubt, mein Kind, und was nicht? Dass du mich begehrst, ehrt mich.«

»Es ehrt dich, dass ich dich begehre, auch als Mann?«

»Ja, lass es doch einfach so im Raum stehen. Wir können geistig verschmelzen. Eines Tages werden wir ineinander aufgehen und unsere Liebe wird Erfüllung finden. Einer im anderen, zu einer vollkommenen Einheit.«

Wir stehen immer noch in meiner jetzt heiteren Kapelle mit den vielen Bildern.

»Ich habe noch eine große Bitte, Pan!

Glaubst du, dass es dir möglich ist mit deiner großen Kraft, mich zur Mutter Erde zu bringen? Ich möchte sie um Rat fragen. Es wundert mich, dass wir von vielen Sternen, von Sirius, den Pleyaden, von Orion, mit Lehren und Ratschlägen für die Menschheit überschwemmt werden. Doch der Planet, auf dem die Menschen leben, schweigt. Wurde die Erde nur nicht gefragt?«

»Warum willst du wirklich zur Mutter Erde? Weißt du, was du da verlangst?

Was willst du von ihr? Sie wird dir ebenso wenig einen Weg weisen wie ich.«

»Entschuldige, Pan, dass ich wieder davon anfange, von der Angst.

In diesem neuen Jahrtausend wird die Menschheit mit so vielen Untergangsprophezeiungen konfrontiert, angefangen von der Apokalypse des Johannes bis hin zu Nostradamus und den Mayas, deren Kalender mit dem Jahre 2012 endet. Ganz zu schweigen von den vielen regionalen Propheten, deren Vorstellungen vom Untergang der Menschheit und der Erde variieren.

Mit diesem Wissen und diesen Vorstellungen im Hinterkopf müssen wir leben. Ich persönlich finde es sehr schwer, diese Visionen zu löschen.

Ich denke dabei an Albrecht Dürer, der bei dem

Übergang in sein nächstes Jahrhundert einen Traum hatte, den er gemalt hat: eine riesige schwarze Welle, die im Nu alles unter sich begräbt. Er hat seine Angst manifestiert, Pan.

Ich habe vor fünfzehn Jahren auch von einer riesigen Welle geträumt, die alles verschlingt. Diese Angst hängt über unserem Planeten, über der Erde. Es ist meine Angst. Mir fällt es so schwer, sie aufzulösen oder zu löschen, geschweige denn, sie auszuatmen.«

»Gut, wir werden es versuchen. Stell dich den Anforderungen dieser Aufgabe, hol deine Seelenkräfte in deinen physischen Körper, reinige dich, so weit es dir möglich ist, und versuche, allein eine Verbindung zur Göttin der Erde herzustellen. Wenn sie ein Signal gibt, bin ich bereit, dich zu führen.«

In der folgenden Nacht versuche ich, mich durch meine Lichtwurzeln an den roten Strom der Energie der Mutter Erde anzuschließen. Ich bitte den Strom, mich zu ihr zu führen.

Eine Weile fließt mein Bewusstsein mit diesem Strom und ich höre Wehklagen, Schmerzenslaute wie: »O ihr missratenen himmlischen Söhne.«

Wieder Schmerzenslaute und ich verstehe jetzt ganz deutlich: »O ihr missratenen himmlischen Söhne.«

Ich fühle, dass der Körper der Erde schwer verletzt sein muss, fühle die Verletzungen, die wir der Erde antun, die die Göttin an ihrem eigenen Körper erfährt und zu heilen versucht.

Intuitiv kommt der Ruf an die Frauen in mein ganzes Sein. Ihr seid doch die Bewahrenden, die Heilenden, die Gebärenden. Schenkt eure wissenden, lunaren Kräfte der ausgesaugten Kraft eures Planeten.

Ich komme zutiefst erschüttert zurück.

»O ihr missratenen himmlischen Söhne!«, klingt mir noch Tage später in den Ohren, im ganzen Leib.

Es wird mir immer klarer, wie schwerwiegend es auf uns zurückfällt, was wir der Erde in Unachtsamkeit, vielleicht auch in Unwissenheit, antun.

»Ja, meine Tochter – Frau – Mutter – Großmutter – ich habe dem nichts entgegenzusetzen. Unwissenheit, meine Liebe, gilt heute nicht mehr. Es ist zu oft von vielen Wissenschaftlern und Organisationen auf die Konsequenzen hingewiesen worden, die eurem Tun folgen werden.

Du siehst, der Sturm fegt jetzt auch über Deutschland. Ihr seid diese missratenen himmlischen Söhne, die die Erde aufgenommen hat als Gäste, damit ihr euch hier entwickeln könnt. Und wie benehmen sich diese Gäste?

Die Erde kann nicht mehr atmen, denn sie wird zugeschüttet mit eurem Müll.

Doch wir lassen den Kopf nicht hängen, meine Liebe. All diese Tatsachen kennst du, es ist absolut nichts Neues. Wichtig ist, was du daraus in dir machst.«

»O Pan, mir wird manchmal fast schwindelig bei der Erkenntnis, wer du eigentlich bist.

Pan, der Gott der Natur, die geistige Kraft, die in der Natur lebt, spricht mit mir. Da werde ich ganz klein und demütig.«

»Ach, du großes Mädel, du warst schon als kleines Kind in deinem böhmischen Heimatdorf mehr auf meiner Ebene als auf der irdischen.

Es fiel dir unendlich schwer, dich wirklich in diese Inkarnation zu begeben, deshalb wollte deine Seele immer aus deinem Körper aussteigen. Das hat dir große Angst gemacht, als du auf einmal gefühlt hast, du wirst immer größer und größer und dein physischer Körper hat keine Grenzen mehr. Damals hast du mit deinen kleinen Händen dieses unbekannte riesige Wesen wieder in dich hineingedrückt und niemandem etwas von deinem Erleben erzählt.

Eigentlich hast du die Verbindung zu mir nie aufgegeben und bemühst dich nun schon jahrelang darum, ja, und da bin ich.

Was man so ersehnt wie du, geschieht. Du musst niemandem beweisen, wer ich wirklich bin.«

»Ich weiß, den Gott der Natur gab es schon immer, in jeder Kultur unter anderem Namen. In Atlantis nannte man dich Cerva, in Ägypten war dein Name Mende und bei den Kelten Cernunnum.

Ein früher griechischer Dichter, Pindar, hatte einen Altar in seinem Haus, auf dem er die Mutter Erde und dich verehrte, weil er dich für einen uralten Gott hielt. Also kann auch die Geschichte deiner Geburt in Griechenland als Sohn von Hermes und der Nymphe Dryope nicht mehr als eine Geschichte sein. Ich finde es beruhigend, mir vorzustellen, dass diese Mär nicht der Wahrheit entspricht, dass die Götter des Olymps in heilloses Gelächter ausbrachen angesichts dieses komischen Wesens mit den Boxbeinen und den Hörnern. Diese ganzen Unwahrheiten in unserer Geschichte regen mich auf.«

»Wenn du dich über etwas aufregst, kannst du die Energie, die dadurch frei wird, benützen, um die Ursache deiner Aufregung zu ergründen und umzuwandeln.«

»Das sagt sich so leicht und ist doch so schwer. Deshalb schreibe ich, weil ich mich über unser Verhalten gegenüber der Erde und der Natur aufrege und die Idee eines anderen Bewusstseins zu den Menschen bringen will, mit deiner Hilfe, Pan.«

»Lobenswert, aber nicht abendfüllend. Also schreiben wir.

Am Anfang war Gott und Licht und Liebe.

Und diesen Anfang wird es immer geben.

Gott – Göttin – Licht und Liebe.

Und gibt es immer wieder einen Anfang, so kann man das Ende als nicht so tragisch ansehen.

Das Ende einer Zeit.

Das Ende eines Lebens.

Weil es immer wieder diesen Anfang gibt.

Im Anfang steckt Mut und Kraft und eine Melodie des Sieges.

Habe also immer den Mut, neu anzufangen, im Kleinen wie im Großen.

Jeder Tag bietet die Chance, neu anzufangen.

Jede Stunde kannst du für einen Neuanfang benutzen. Die Chance hat die ganze Menschheit – neu anzufangen.

Im Anfang steckt die Heiligkeit Gottes.

Sei mutig und stark und gehe deinen Weg.

Alle werden mich am Tor des Christusbewusstseins treffen und mir gegenüber stehen, als ihrem Seelenführer und ihrer letzten Instanz der Läuterung und Prüfung, bevor ihr weitergeht in einen neuen Anfang.

Ich bin es, den ihr pausenlos verletzt, genauso wie die Mutter Erde.«

»Wir haben angefangen, Pan, das Land meiner Seele zu suchen. Wo sind wir jetzt?«

»Wir sind im Land deiner Seele. Alles, was dich beschäftigt, was du tust, selbst was du träumst, füllt das Land deiner Seele mit Licht oder mit Dunkelheit. Tu immer das Nächstliegende und halte ein Problem nie für ein Problem, es ist eine Anfrage des Lebens, wie und auf welche Weise du gewillt bist, Probleme zu lösen.«

»Ich danke dir und weiß, dass du Recht hast.«

VIII

*Ergreife furchtlos deine
Bestimmung*

Helena bestand auf ihrer Zeit mit der Großmutter, also mit mir. Und sie legte vor allem großen Wert darauf, hier zu schlafen, in dem neuen großen Bett, und alle möglichen Märchen vor dem Schlafengehen von mir zu hören, bis ich um Gnade bat, weil mir mein Mund schon fusselig wurde.

Wir hatten wunderbares Winterwetter und so war ich sie am Morgen los. Sie ging mit ihrer Plastikschüssel in den Garten und versuchte, von jedem Hügel herunterzurutschen. Pitschnass und schimpfend, dass ich ihr die falschen Sachen angezogen habe, kam sie wieder hoch, saß in ihrem kleinen Balkonzimmer und heulte vor sich hin.

Als rettender Engel erschien wieder einmal Heidi. Die Wut war wie weggewischt und die beiden waren bei Kaugummi und Gummibärchen ein Herz und eine Seele.

Am Nachmittag brachte ich Helena wieder heim zum Flötenunterricht und danach ist sie mit ihren Eltern nach Lech am Arlberg gefahren. Ich sollte unbedingt mitkommen, doch wir bekamen, sehr zum Kummer von Helena, kein Zimmer für mich.

»Du kannst ja dein Buch auch da oben schreiben,

ich lasse dich in Ruhe. Dann sind auch Ferien für dich«, meinte sie, um mich zum Mitkommen zu bewegen.

Doch wenn der Kosmos etwas anderes mit mir vorhat, gibt es eben kein Zimmer.

Gestern Abend nach einem Bad im Salzwasser kam ich endlich wieder zur Ruhe.

Ich ging früh ins Bett, las, meditierte, hüllte mich bei jedem Aufwachen in der Nacht in Licht ein, tastete mich mit meinen Lichtwurzeln immer wieder in die Erde, so tief, wie ich kam, versuchte, indem ich den heilenden grünen Strahl anrief, durch mich hindurch grünes Licht zur Mutter Erde zu atmen als Heilung für ihre Wunden.

Ich spürte, wie vom roten Strom, den Adern der Erde, das grüne Licht zur Göttin der Erde getragen wurde. Ich hörte kein Wehklagen. Ich schlief immer wieder ein, atmete, träumte, wachte auf mit dem Satz: »Geh zum Stern der Offenbarung.«

Sollte vielleicht unsere Erde der Stern der Offenbarung sein?

Der Stern der Offenbarung, der für uns der Stern der Entwicklung ist, in den wir irgendwann in unseren vielen Leben die Offenbarung unseres wirklichen Seins erleben? Ist deshalb die Erde in dem ganzen Planetenraum so wichtig?

»Plötzlich fühlte ich dich ganz stark, Pan, als ob deine Energie mich total durchströmt, durchtränkt hätte, und ich hörte den inneren Befehl, das Auto stehen zu lassen und das Heft einzustecken und bis Gottlieben oder Konstanz zu Fuß zu gehen. Meine Augen aufzumachen und zu schauen und bewusst aus meinen Füßen die Lichtwurzeln in die Erde zu senken.

Das habe ich getan.

Bin um ein Uhr in Fruthwilen weg und um vier Uhr war ich wieder in Gottlieben.«

»Lobenswert, meine Apfelschnute, und wie fühltest du dich zum ersten Mal seit langem wieder zu Fuß?«

»Apfelschnute sagst du zu mir? Das hat nur meine Patentante Ritschi zu mir gesagt, weil ich mit einem beleidigten aufgeworfenen Mündchen als Baby im Korb gelegen haben soll.«

»Du warst sehr beleidigt, dass du hinunter solltest auf die Erde, und nun als Besitzer von mehr als zehn Apfelbäumen passt Apfelschnute doch wieder ganz gut.«

»Ja, passt, du kannst mich ruhig so nennen, das rührt mich. Ich hatte nur noch ein anderes Mal in meinem Leben einen Kosenamen von einem Mann, den ich mir einbildete sehr zu lieben. Er sagte Schnuggere zu mir. Vielleicht hießen bei ihm alle Schnuggere.«

»Wieso sagst du, dass du es dir eingebildet hast?«

»Weil ich mit dem Abstand von heute sagen würde, dass wir uns sehr viel einbilden, zurechtlügen, uns in unsere Einbildungen und Wünsche so verstricken, dass wir nicht mehr die Wahrheit finden. Erst wenn es so richtig wehtut, wühlen wir uns aus diesem Urwald von Liebesschwüren, Liebeslügen und Abhängigkeiten wieder heraus.

Er ist gestorben. Auch dies tat lange weh, doch dann war es wenigstens vorbei. Heute fühlt es sich an, wie wenn ich dies alles gar nicht erlebt hätte, deshalb sagte ich, dass ich mir eingebildet hatte, ihn zu lieben.

Ich wollte dir eigentlich erzählen, wie schön ich deine Welt auf meinem Weg zu Fuß empfunden habe. Es war klirrend kalt, überall Schnee und die Sonne schien. Als ich den Berg von Fruthwilen hinunterging, leuchtete die Reichenau, vor allem die Georgskirche, mir im Licht entgegen. Es wirkte auf mich wie eine Einladung, vielleicht für morgen?

In Ermatingen war das Wasser schwarz vor Vögel – Taucherli, wie sie hier liebevoll genannt werden.

Meiner Meinung nach waren es viel zu viele, wenn etwas so überhand nimmt, stimmt das Gleichgewicht nicht mehr.«

»Du sagst es, das Gleichgewicht, die Ausgewogenheit, müsst ihr auf allen Ebenen wieder herstellen.«

Überall lagen umgestürzte Bäume, doch wie durch ein Wunder waren sie mitsamt riesigem Wurzelwerk geschickt neben die Häuser gestürzt. Überall sieht man auch noch die Schäden des Hochwassers. Man spürt, dass die Menschen dieses

Geschehen, das in den vergangenen Monaten besonders schlimm war (das Wasser ging im unteren Ermatingen fast bis zur Bahnlinie), sehr gelassen hinnehmen. Sie leben mit dem See und wissen, dass sie ihre Häuser immer wieder renovieren müssen.

Trotz der überall sichtbaren Schäden in der Natur war es wunderbar, in klirrender Kälte von Ermatingen bis Gottlieben zu gehen: Das Schilf war von einem hellen Gelb, das Weiß des Schnees und das Blau des Sees leuchteten durch alles hindurch. Viele Bilder zeigten sich mir, die ich malen könnte.

»Ich verstehe, warum du mich zu Fuß losgeschickt hast; man trifft Menschen, man redet, geht weiter, sieht die Bäume, spürt die Erde, schaut in diese herrliche Landschaft und ist dankbar und glücklich, hier zu sein. Schon in den Ortsnamen schwingt die Schönheit: Salenstein, Lilienberg, Wolfsberg, Arenenberg, Eugensberg, Fruthwilen, Ermatingen, Gottlieben. Klingt doch alles sehr romantisch.«

Bis Konstanz kam ich nicht, weil ich in der Krone in Gottlieben einen Pflaumenkuchen mit Schlagsahne gegessen habe und mich die Besitzerin, es war noch kälter geworden, nach Hause fuhr. Glück muss man haben!

»Pan, ich danke dir, es war ein wunderschöner Tag und ich freue mich morgen auf die Reichenau.«

Emmerich von Ellwangen, ein Schüler der Reichenau, schrieb im neunten Jahrhundert über die

Insel: »Reichenau, ›grünendes Eiland‹, wie bist du vor anderen gesegnet. Reich an Schätzen des Wissens und heiligem Sinn der Bewohner, reich an des Obstbaum Frucht und schwellender Traube des Weinbergs: Immerdar blüht es auf dir und spiegelt im See sich die Lilie. Weithin schallet dein Ruhm bis ins neblige Land der Britanen.«

Das Licht des Geistes leuchtet noch immer über der Insel, verleiht ihr eine besondere Strahlung, eine Ausstrahlung, die mich immer wieder gefangen nimmt.

»Nichts geht verloren Apfelschnute, noch von der wirklichen Suche nach dem Christus in uns, vom asketischen geistigen Leben von hohem Wissen, das von den Äbten und teilweise den Mönchen der Reichenau verkörpert und gelebt wurde, z. B. von dem Klostergründer Pirmin, dem Abt Strabo, dem Abt Berno und ganz besonders von dem Grafensohn Hermann dem Lahmen.

Ihre Bauwerke wie ihre Gedankenformen haben sich erhalten und du wirst sehen: Es wird wieder Menschen geben, die sich auf dieser Insel um die Erneuerung des Denkens mit Hilfe der großen Engel, die sie schon damals gerufen hatten, bemühen.

Schau morgen genau hin!«

»Du, Pan, nachdem du mich noch immer Apfelschnute nennst wie meine Tante Ritschi, muss ich immerfort wieder an sie denken. Ihr habe ich den

Namen Maria zu verdanken, sonst hieße ich nur Ruth. Ritschi heißt Maria im Böhmischen. Diese fortschrittliche Frau fuhr schon 1931 Motorrad und war Kreisfürsorgerin in Bischofteinitz im Böhmerwald.

Sie war meine Lieblingstante, weil ich das Gefühl hatte, dass sie mich ernst nahm und mich in meinem damals schon verträumten Wesen verstand. Ich fühlte mich in meiner Familie wie ein Kuckucksei, schon als kleines Kind nicht zugehörig, deshalb habe ich immer geträumt.«

»Du warst auch im weitesten Sinne nicht zugehörig. Du wolltest lernen, so stark zu werden wie deine Mutter. Es ist euch sogar gelungen, euch zu akzeptieren. Sie hat dich trotzdem immer als Hecht im Karpfenteich empfunden, das muss dich nicht kränken.«

»Ja, mein Vater war mir näher. Er war nicht immer nur stark und vor allem auch ein Idealist. Als wir nach der Flucht als Neubauern in Trinum, einem kleinen Dorf, gelandet waren, nahm mein Vater nach des Tages Arbeit meine Körpermaße und war stolz, dass sie genau den Maßen der Venus von Milo entsprachen – ich habe diese Maße allerdings auch bald wieder verloren. Doch die Szene in unserem armseligen Zimmer werde ich nie vergessen. Vater tat mir sehr Leid. Er hatte großen Liebeskummer, weil seine Geliebte ihn verlassen hatte und er nun nur noch Pflichten erfüllen musste, mit seinen fünf

Kindern und seiner Frau. Ich hatte die ganze Liebesgeschichte mit dieser anderen Frau schon kurz vor Kriegsende mitbekommen und meiner Mutter gegenüber geschwiegen. Da Schweigen mir sehr schwer fällt, war das eine besondere Leistung. Ich glaube nicht, dass ich es tat, um sie vor Schmerz zu bewahren. Vielleicht gönnte ich ihr das, weil ich nie Kind sein durfte und sie mir die ganze Verantwortung für meine vier Geschwister auflud. Ich musste nach der Schule das ganze Geschirr abwaschen, obwohl wir ein Mädchen hatten. Ich musste meine Geschwister immer mit ins Schwimmbad nehmen und war ständig in Sorge, dass mir eines von ihnen ersäuft. Ich habe sie alle sehr geliebt.

Den Gerechtigkeitssinn meiner Mutter habe ich bewundert und ihren Mut in ausweglosen Situationen.«

»Ja, meine liebe Apfelschnute, deshalb dein beleidigtes Babygesicht, denn du wusstest ja, was alles auf dich zukommt. Du hast viel Verantwortung auf deinen Schultern getragen, doch das hat dein Rückgrat gestärkt und biegsam werden lassen.«

Am nächsten Morgen machte ich mich auf zur Reichenau. Als ich in der Georgskirche war, fragte ich, ob es hier einen Engel gebe, der mit mir reden wolle.

Ich sah vor meinem geistigen Auge sehr viel grünes Licht.

Mit meinen inneren Ohren hörte ich: »Seid gesegnet, ihr Völker, und heilt euer Erbe. Stellt das Gleichgewicht zwischen Geben und Nehmen wieder her.«

»Bist du ein Heilengel, weil ich so viel Grün sehe?«

»Ein Benediktus hat uns vor langer Zeit hierhergerufen und wir sind bereit, euch zu helfen.«

»Hast du noch eine Botschaft für mich?«

»Betet zur großen göttlichen Mutter, die Insel ist ihr Heiligtum. Pan weiß das, deshalb hat er dich geschickt. Gehe gesegnet um die Insel, ohne etwas Besonderes zu wollen, alles, was sein soll, geschieht.«

Ich bin in der eisigen Kälte weiter gewandert. Der Gnadensee war ziemlich zugefroren, die Insel wie ausgestorben.

Auf der Seite zum Gnadensee stehen viele neue Häuser und die Insel macht einen sehr gepflegten Eindruck. Vom Hochwasser sah man hier nichts mehr.

Alle Lokale hatten zu und mit Müh und Not erreichte ich das Mesnerhaus, das Gott sei Dank geöffnet war, eine hübsche Gaststätte gegenüber vom Münster. Ich wollte mich aufwärmen und was Schönes essen. Ich bestellte mir Reichenauer Salat und Felchenfilet in Kräutersoße.

Als das Essen kam und ich den Fisch sah, bekam ich keinen Bissen mehr runter, obwohl er so schön aussah. Es ging nicht. Selbst Eier vertrage ich neuerdings nicht mehr. Was soll ich denn noch essen?

Es war mir sehr peinlich, den vollen Teller zurückzugeben. Ich bin durch die vielen Jahre vegetarischer Ernährung empfindlich geworden.

»Das hängt mit der feinstofflichen Entwicklung deines Körpers zusammen. Iss sehr vorsichtig, dass dein Geist frei bleibt und dein Körper nicht zu viel arbeiten muss.«

»Pan, kannst du mir erklären, was die Begrüßung des Heilengels zu bedeuten hat: Seid gegrüßt, ihr Völker! Wollte er mich hochnehmen? Ich bin doch keine Völkerschar.«

»Noch nicht. Spaß beiseite, der Engel weiß sehr genau, dass hinter dir Völkerscharen stehen eines Tages. Nimm das einfach so an und frag nicht weiter.«

»Benediktus, wer war denn das?«

»Na, der heilige Benedikt.«

»Hat denn der damals schon gelebt?«

»Ja, schon im vierten Jahrhundert. Die meisten Klöster lebten nach der Regel Benedikts: ›Den Schwachen, Kranken und Kindern gelte eure Fürsorge.‹ Versuch etwas über ihn zu erfahren, er wird dir gefallen.«

Ich rief daraufhin noch aus dem Mesnerhaus Anita, meine Holzschnitzmeisterin an, die Kunstgeschichte studiert hat. Aus ihr sprudelte das Wissen gerade so heraus: Benediktus gründete, als die letzte platonische Akademie in Griechenland geschlossen wurde, in Unteritalien sein erstes Kloster mit der Ordensregel »Ora et Labora«. Die Benediktiner seien also der älteste Mönchsorden und im Gegensatz zu den später gegründeten klösterlichen Gemeinschaften lebensfroh und den Genüssen des Lebens noch zugewandt. Auch auf der Reichenau wirkten sie. Die St. Georgskirche sei von Abt Hato, er nannte sich Heito der III., ungefähr um 900, erbaut worden.

Nachdem ich doch noch Apfelstrudel mit Vanillesoße gegessen hatte, ging ich ins Münster. Da wurde gerade geputzt und in dem riesigen Raum vervielfachten sich die Geräusche. So verzog ich mich in den rechten vorderen Bereich. Ich setzte mich und versuchte, wirklich präsent zu sein. In meiner Konzentration sah ich seitlich von mir einen schmalen Mönch vor meinem dritten Auge im Profil, der durch die Kutte wie langgezogen wirkte. Ich konnte mit dieser Erscheinung nichts anfangen und ging nach einiger Zeit wieder ins Freie.

Ich durchquerte das stille Dorf, sah eine Schmiedewerkstatt und beauftragte die sympathische junge Frau dort, mir ein achteckiges Tempelchen aus Eisen und Glas, sechs mal sechs Meter, zu berechnen, was ich ihr schnell aufgezeichnet hatte.

Dann ging ich den Hochwarthweg, einen Höhenweg, der mit dem weiten Blick in die Schweiz bis in den Hegau und rüber nach Hegne einmalig ist. Doch inzwischen tat die Kälte weh und die Augen tränten.

Ich flüchtete in ein Gewächshaus, in dem schnurgerade Salat wächst, wie die Soldaten aufgereiht, und ebenso Primeln und Stiefmütterchen.

Das Gleichgewicht stimmt auch hier nicht mehr.

Die ganze Insel habe ich nicht geschafft. Haben die Mönche die Wege zu Fuß zurückgelegt oder sind sie geritten? Von einer Kirche zur anderen?

Völlig erfroren kam ich wieder zu Hause an.

Ich gönnte mir einen Tag Ruhe, habe lange und ausführlich meditiert. Dann zog ich mich warm an, um für den Obstbaumschneidekurs gewappnet zu sein. Als ich tankte und die Wegbeschreibung las, bemerkte ich, dass ich einen Freitag zu früh unterwegs war.

Bei dem schönen Wetter beschloss ich, wieder zur Reichenau zu fahren.

In der Zwischenzeit hatte Anita mir noch mehr Informationen über den heiligen Georg geschickt.

Der heilige Georg, der den Grad eines Tribuns hatte und aus Kappadozien stammte, war ein Krieger für Christus und musste schreckliche Folterungen ertragen. Gott hat ihm immer geholfen, diese Folterungen zu überleben, sodass man ihm am Ende den Kopf abschlug. Eine Reliquie von ihm wird in dieser Kirche aufbewahrt, die mich von weitem und von nahem tief berührt.

Ich ging also nun bewusst zu diesem heiligen Georg und zu dem Heilengel. Ich spürte die Präsenz des Heilengels, sandte ihm meine Liebe und meinen Respekt.

Ich spürte eine zärtliche Energie und öffnete mich ganz.

Der Engel meinte, ich sollte zu Hause die Reichenau und die Georgskirche malen und mich mit ihm verbinden. Wir könnten feinenergetische Heilbilder entstehen lassen, die den Menschen sehr helfen könnten.

Er war enttäuscht, dass ich schon bald darauf gehen wollte – es war so kalt in der Kirche. Er bat mich, ihn doch so oft wie möglich zu besuchen, auch mit Menschen, die Heilung brauchten.

Dann fuhr ich zur Kirche St. Peter und Paul in Niederzell. Da betete ich mein geliebtes aramäisches Vaterunser und bat Gott, dass bald dieses Kreuz mit dem Korpus des Jesus, dieses Todessymbol, das unübersehbar in allen Kirchen hängt, sich aus den Verankerungen lösen sollte, damit das Zeichen der Auferstehung wieder unser Symbol werden kann.

Ich hörte dich lachen, Pan, über mein kindliches Verlangen, dass wir wünschen, Gott sollte dies tun, wozu wir zu feige und zu schwach sind.

Dann fuhr ich heim, war sehr müde, legte mich eine halbe Stunde hin, ging ins Atelier und malte ein Aquarell, das Erste seit Monaten. Die Reichenau und die Georgskirche. Jetzt verstehe ich, warum ich zur Insel Reichenau sollte.

Danke!

Ich schlief die Nacht im Gästezimmer, ich liebe Veränderungen.

Ich schlief da außerordentlich gut. In meinem Schlafzimmer ist zu viel Klimbim. Bücher, Sterne, Bilder und Steine. Die großen Steine, die im Sommer im Garten leben, ziemliche Brocken, sind jetzt alle in meinem Schlafzimmer um mich.

Sie sollten die Meditationen aufnehmen und all die Schwingungen, die wir während des Winters erarbeiten, im Sommer auf die Besucher des Gartens ausstrahlen.

Das Gästezimmer ist klarer, weil ich dort nach Feng Shui alle den Schlaf störenden Gegenstände entfernt habe. Ich las entspannt wieder und immer wieder die »Gespräche mit Gott«. Eigentlich braucht man kein anderes Buch mehr, weil Neale Donald Walsch alle Fragen an Gott stellt, die auch uns bewegen, und er, stellvertretend für uns alle, göttliche Antworten bekommt.

Ich schlug gerade im dritten Band die Seiten auf, wo über die Seele gesprochen wird.

»Jetzt verstehe ich dich, Pan, wenn du mir erklärst: ›Alles, was dich umgibt, ist das Land deiner Seele.‹

Wenn ich mich endlich aufgemacht habe, das Land meiner Seele zu suchen, lande ich bei Gott, der Allseele, weil ich ein Teil von ihm oder ihr bin, ein individualisiertes Teilchen, aber völlig *eins* mit Gott. Deshalb der Satz von Jesus: ›Es ist der Vater in mir, der die Werke tut, ohne ihn vermag ich es nicht. Und ich möchte gerne sagen, es ist die Mutter in mir, die die Werke tut.‹«

»Nur zu, mein Kind, ihr habt die weibliche Seite Gottes völlig vernachlässigt. Sie war wie ausgelöscht in den letzten Jahrtausenden. Gott ist glücklich, wenn ihr nach der Mutter in ihm verlangt.

Sei ein Teil der Mutter, sei *eins* mit ihr. Ergreife furchtlos deine Bestimmung. Gott liebt die Furchtlosen, weil sie ihn mutig ansehen, seine Partner sind.«

IX

*Ich werde jeden Augenblick
genießen*

Heidi kommt heute, nach vierzehn Tagen, wieder aus dem Urlaub, sie war im Senegal.

Ich habe die Zeit für Helena genützt, denn wenn das Kind Heidi sieht, bin ich das zweite Rad am Wagen. Die beiden toben, kämpfen, spielen, sind ausgelassen und lassen da niemanden rein in ihre Gemeinschaft.

Helena war sechs Tage mit mir allein. Ich verbannte alle Schokolade aus dem Haus, doch schmetterte sie meine erzieherischen Maßnahmen mit dem Satz ab: »Vor dir habe ich keine Angst, nur vor Erdbeben und Krieg.«

Dann war sie sehr interessiert, wie denn meine Großmutter gewesen sei, ob die auch Schokolade verboten hätte?

»Weißt du, Helena, damals gab es ganz selten Schokolade. Meine Großmutter hat wundervoll gebacken, Kuchen und Plätzchen, Schokolade aßen wir kaum. Meine Großmutter war eine mächtige Frau, nicht figürlich, sie war ganz schlank, mit schneeweißem, welligen Haar und braunen, leuchtenden Augen und einer Stimme wie die Trompete von Jericho. Wenn die Frau Kubitschek im Oberdorf in der Blattnerstraße mit jemandem gesprochen hat, hat man sie angeblich in Komotau auf dem Marktplatz gehört und das war sehr weit.

Weißt du, Helena, ich war so gern bei ihr, weil ich das Gefühl hatte, sie nimmt mich ernst, erfüllt mir ausgefallene Wünsche und hat Verständnis für all meine Spiele.

Ich wünschte mir dringlichst schon mit vier oder fünf Jahren, eine Dame zu werden. Ich bat die Großmutter, mir eine Gießkanne, einen Regenschirm und einen Hut zu kaufen. Das waren in meiner kindlichen Vorstellung die königlichen Insignien einer Dame.

Was tat meine Großmutter? Sie schickte ihre beiden Töchter, meine Lieblingstante Ritschi und Hilde, mit mir in die Stadt, um diese teuren Sachen zu kaufen. Die beiden Tanten hatten viel Spaß mit mir, denn ich soll ein äußerst liebenswürdiges, braves Kind gewesen sein.«

Ich schaute Helena streng an: »Im Gegensatz zu dir!«

Ich entlockte ihr nur ein spitzbübisches Lächeln. »Erzähl weiter, Ruth.«

»Die Tanten kauften mir einen blauen Hut, eine Gießkanne und einen Regenschirm. Ich soll sehr glücklich darüber gewesen sein, nun als Dame durch Komotau zu wandeln. Ich habe bei strahlendem Sonnenschein den Regenschirm aufgespannt und in den Himmel geschrien: ›Opa, Opa, siehst du mich, ich bin jetzt eine Dame.‹ Immer und immer wieder: ›Opa, siehst du mich, ich habe einen Regenschirm, ich bin jetzt eine Dame.‹

Und der Opa, den ich sehr geliebt habe, hat sich bestimmt gefreut.

Die Leute auf der Straße drehten sich ebenfalls um und lachten über diese kleine Dame mit Regenschirm.«

Nach dieser Erzählung wollte Helena mir in nichts nachstehen. Wir aßen Mittag im Naturata in Überlingen und kauften eine blaue Gießkanne. Danach wollten wir uns einen Brunnen ansehen in Rot Kreuz, bei Lindau. Helena bringt mir immer wieder ihr gespartes Geld, weil sie gern einen Brunnen im Garten hätte, in den sie ihre Füße hineinstecken kann.

Es gab da zwar Brunnen, doch uns gefiel keiner.

Helena entdeckte dafür ein Bronze-Pferd. Sie wickelte ihm gleich meinen Schal um den Hals.

»Es friert, Ruth. Kaufst du mir das Pferd?«

Sie hatte das hübscheste ausgesucht. Wer kann diesen bittenden Kinderaugen widerstehen?

Etwas widerstrebend – wo soll das Ding hin – nahmen wir es gleich mit und mussten es an der Grenze verzollen, was Helena mit ihren sechs Jahren partout nicht verstehen wollte.

Ihr Pferd bekam unterwegs einen Namen: Egorn, Black-Beauty.

Wir stellten ihn in die Garage und mit der neuen

Gießkanne und viel Wasser wurde er entlaust, bekam ein Glöckchen um den Hals, damit wir ihn hören konnten, und eine Decke und einen Schal, damit er nicht friert. Und eine Schale Wasser, zwei Äpfel und Efeublätter, damit er nicht verhungert.

Nachts wollte Helena noch einmal zu ihm, ich gab ihr die Schlüssel und meinte: »Du hast die Verantwortung, gehe allein.«

Vor lauter Angst im Dunkeln bekam sie die Garage nicht auf und kam etwas kleinlaut zurück. Am Morgen entwischte sie mir im Schlafanzug; mit Stiefeln und Mütze fand ich sie in zärtlicher Umarmung mit ihrem Bronze-Pferd. Sie war allerdings sehr sauer, weil es nicht gefressen hatte.

»Siehst du, Helena, so geht es mir, wenn du nicht isst – auch frustrierend.«

Sie schaute mich kühl an und sagte: »Das ist etwas ganz anderes, Ruth.«

»Na ja, wenn du meinst. – Wo willst du denn das Pferd hinstellen?«, fragte ich schüchtern.

»In meinen Garten.«

Helena hatte links vom Eingang ein Stück Garten für sich in Anspruch genommen, wo sie kunterbunt Blumen gepflanzt hatte. Sie wollte unbedingt eine Pfingstrose, eine Rose ohne Dornen. Sie zeigte mir in ihrem kleinen Gärtchen eine Stelle vor den Lorbeerbüschen, wo ihr Pferd etwas zu fressen hätte.

»Na, meine liebe Helena, da geht Heidi auf die Barrikaden. So nahe am Eingangstor wird es eng. Ein

Pferd gehört auf eine Wiese und braucht Auslauf. Wie wäre es bei deinem Pflaumenbaum, auf dem du immer sitzt? Da hat es die ganze Wiese als Futter?«

Gott sei Dank half mir Chris, die derselben Meinung war.

Bei den Stürmen, die seit Tagen tobten, mussten wir Egorn irgendwie im Erdreich verankern, doch dazu brauchten wir Heidi, die jedes praktische Problem zu lösen versteht. Auf Heidis Kommentar zu diesem Pferd war ich sowieso gespannt.

Wir hatten natürlich jetzt nur noch Egorn Black Beauty im Kopf. Für ihre Ausritte mit ihm brauchte Helena noch dringend einen Kompass, den wir nach langem Suchen im Coop geschenkt bekamen.

Uff – das hätten wir auch geschafft.

Eigentlich war ich eine ziemlich kooperative Großmutter. Verständlich, dass Helena vor Erdbeben mehr Angst hat als vor mir. Im Übrigen finde ich wichtig zu wissen, wo Norden oder Osten ist. Ich bin glücklich, wenn Helena so etwas interessiert. Ich bin überhaupt glücklich, ein Enkelkind zu haben. Als ich ihr das im Auto feierlich eröffnete, meinte sie sachlich: »Alle Großmütter sind glücklich, wenn sie ein Enkelkind haben. Ich habe natürlich eine außerordentlich verrückte Großmutter, denn du trägst Turnschuhe.«

»Na ja, sie sind bequem, mein liebes Kind.«

Nun musste der Hut noch her, um aus Helena eine perfekte Dame zu gestalten. Ich nahm sie mit nach Zürich zum Friseur. Meine Haare sahen etwas grünlich aus und ich wollte Strähnen machen lassen und Helenas Haare gehörten geschnitten.

Mit der Aussicht auf den Hut ließ sie dies auch gern über sich ergehen. Dann gingen wir mit Regenschirm und Gießkanne auf Hutsuche.

Wir waren beide sehr ausgelassen, weil ich sie für Tante Hilde, die mit neunzig Jahren noch lebt, mit Regenschirm und Gießkanne auf der Bahnhofstraße in Zürich fotografieren wollte.

Helena kniete sich in Positur, fiel meistens vor Lachen um – absolut undamenhaft.

Wir fanden einen altmodischen, blauen Hut mit einer roten Samtrose. Helena war überglücklich, nun eine ganze Dame zu sein.

An diesem Tag waren wir beide wie Kinder, ganz tief innen glücklich.

Großmutter und Enkelkind in einem Kindertraum, der sich bei uns beiden erfüllte. Wenn Tante Hilde das Foto von Helena als Dame zugeschickt bekommt, wird sie sich mitfreuen.

»Eines Tages, meine liebe Apfelschnute, wenn Helena erwachsen ist, wird das Bild der Großmutter in ihr genauso lebendig sein wie das Bild, das du von deiner temperamentvollen Großmutter dein Leben lang hattest. So wird schon ganz früh das Selbstwertgefühl eines Kindes geweckt.«

»Es gehört zu meinen schönsten Kindheitserinnerungen, wenn die Großmutter jedes Mal, wenn ich nach einem Besuch bei ihr wieder heimmusste, mit der Nachbarin Frau Beck mit großen Bettlaken bewaffnet, nicht Taschentüchern, Bettlaken (!), im Hausflur Spalier stand und weinte und wehklagte, dass das geliebte Kind die Heimreise antreten musste.

Unter Schluchzen sangen sie laut: Nun danket alle Gott, jetzt geht die Ruth fort, wir singen frohe Lieder, sie kommt so bald nicht wieder ... Und ich verließ, stolz, ob solcher Trauer, brav das Haus.

Bei Helena habe ich versucht, das Lied zu singen. Doch sie hat laut gelacht und mich angeschaut nach dem Motto: Willst du mich veräppeln?

Eine andere Generation.«

In der Nacht zum Valentinstag habe ich meine Konzentration wieder auf die Göttin der Erde gerichtet.

Mich tastend vorgewagt, mich respektvoll genähert und sie gebeten, mir eine Botschaft zu geben. Wieder fühlte ich einen tiefen Schmerz, Bitterkeit und Verzweiflung: Ihr könnt euch selbst vernichten, ihr missratenen himmlischen Söhne.

Ich kann Millionen Jahre ruhen, ich kann ohne euch sein, aber ihr nicht ohne mich. Und wieder: Ihr missratenen himmlischen Söhne.

Ich fühlte, dass das einen Zusammenhang hat mit der Macht des Patriarchats, mit der Nichtachtung der Frau, mit der Verleugnung der Göttin.

Ich war so verzweifelt über uns, dass ich gar nicht aufstehen konnte.

»Ich höre dir zu. Du versuchst mit allen Fasern deines Seins hinzuhören, und was du hörst, erschreckt dich. Hast du bei der Situation, die ihr auf der Erde geschaffen habt, etwas anderes erwartet? Etwa so: Wie schön, liebes Kind, dass es dir einfällt mich nach Tausenden von Jahren zu besuchen und mich zu fragen, wie es mir gehe und ob ich vielleicht eine gute Nachricht für dich und die Menschen habe?

Es ist auch dir sehr spät eingefallen Apfelschnute, dich an die Hauptperson zu wenden, an die Erde selbst.«

»Geliebter Pan, ich weiß, zu spät.

Hast du eigentlich Frau Caddy an diesem Tag angeregt, mich anzurufen und einzuladen zu einem Gedenktag für Babaji, der vor sechzehn Jahren die Erde wieder verlassen hat? Sie erzählte von Babaji und seinem Wirken. Ihr Haus und vor allem ihr Garten hatten eine große heilende Wirkung auf mich. Pan, du weißt, es gibt Menschen, die sich um Heilung allen Lebens und der Erde bemühen. Sind wir zu wenige?«

»Nein, meine Liebe, es sind immer nur wenige, die beginnen, sich zu besinnen. Euer Wirken muss nach außen hin größer werden, dass ein Schneeballsystem eintreten kann.«

Ein paar Stunden später erfuhr ich von der Katastrophe an der Thais und der Donau.

»O Pan, die missratenen himmlischen Söhne

arbeiten, um etwas Gold zu gewinnen mit den schlimmsten Giften, die in Becken gelagert, nicht mal gesichert werden und verrottet sind. Nur Ausbeutung ohne Verantwortung! Da müsste doch die Europäische Gemeinschaft sofort Hilfe schicken und die Verantwortlichen vor ein Gericht stellen, als Präzedenzfall.

Und nichts geschieht!

Wir vernichten uns selbst. Ich kann keine tröstliche Botschaft finden und die Mutter Erde auch nicht.«

»Nicht den Mut verlieren, nicht kapitulieren vor der Schwere der Aufgabe. Erfülle gerade nun deine Lebensträume. Freue dich am Leben, jetzt, wo du immer mehr weißt, wie kostbar es ist. Verschwende keine Minute, lebe bewusst und tue etwas, damit sich die Dinge zum Guten ändern.«

»Ich habe mir zwei Bücher über die Reichenau gekauft und dabei festgestellt, dass ich mich auf meine Intuition oder innere Führung verlassen kann. In der Georgskirche zeigen die Fresken alle Heilszenen von Christus, zum Beispiel die Heilung des Wassersüchtigen, die Heilung des Besessenen, die Erweckung des Jünglings zu Kain, die Erweckung des Lazarus und die Heilung der blutflüssigen Frau. Durch die Manifestationen der Heilungen von Jesus Christus in der Malerei ist auch die Manifestation eines Heilengels in dieser Kirche entstanden.

Nur eine Szene beschreibt die Beruhigung des Sturmes auf dem See und da entdeckte ich, dass ca. um 1190, als die Wandmalereien entstanden sind, die Verteufelung der Natur ihren Anfang nahm: Die Elementarwesen des Windes, die Windgeister, waren als kleine Teufel gemalt.

Das hat mich erschüttert.

Hermann der Lahme war der Mönch, den ich vor meinem dritten Auge wahrgenommen hatte (in dem vorderen rechten Seitenraum des Münsters, einem Raum, der mit zum ältesten Bauwerk der Kirche zählt).

Inzwischen habe ich auch ein Buch über sein Leben gelesen, ›Die letzte Freiheit‹ von Maria Calasan Ziesche, und habe von der ersten bis zur letzten Seite durchgeheult, so erschütternd ist das Streben dieses völlig gelähmten Menschen nach dem Christusbewusstsein und dem geistigen Erwachen.

Er war ein Marienverehrer, wie überhaupt die frühen Äbte der Reichenau die Maria verehrt haben. Und Hermann muss eine wunderschöne Stimme gehabt haben, von außerordentlicher Ausdruckskraft in seinem lahmen, zarten Körper. Das berühmte Salve Regina ist eines seiner populärsten Lieder.

Vor und um die letzte Jahrtausendwende war das Inselkloster Reichenau, vor Fulda und Speyer, das wichtigste geistige Zentrum Deutschlands. Die Kaiserkrone Ottos I. wurde auf der Reichenau mit

einem hohen Wissen aus lauter Oktaedern ge-
schmiedet.

962 wurde Otto I. in Rom zum Deutschen Kaiser gekrönt. Er setzte den Papst namens Silvester
ein, das heißt, ich finde das sehr bedeutend, dass der
Papst vom Kaiser eingesetzt und eine Symbiose,
eine Einheit gesucht wurde von weltlicher und
geistlicher Führung. Das Christus-Königreich wurde angestrebt. Die innere wie die äußere Entwicklung in gleichem Maße vorangetrieben.

Wie hat sich das Blatt im Mittelalter gewendet.
Aberglauben und Machtgier, Kriege geführt – im
Namen Gottes, im Namen der Religionen.

Warum können wir Menschen einem anderen
Menschen nicht den Glauben lassen, wenn er damit
glücklich ist? Und warum können die anderen uns
nicht in unserem Glauben leben lassen?

Bis zum heutigen Tage werden heilige Kriege geführt zur Vernichtung von Menschen. Doch immer
mehr erkennt man, dass noch eine andere Macht
dahinter steckt, die das Volk zum heiligen Krieg auf-
hetzt, weil sie den Reichtum oder die Bodenschätze
der anderen Länder haben will.«

»Die Erde schreit, ihr Kinder der Erde, und ihr
hört nicht auf, ihren Leib zu verletzen. Die Ele-
mente des Wassers wehren sich zur Zeit mit ihren
Fluten, die Länder überschwemmen, und ihr werdet immer noch nicht wach. «

»Weißt du, Pan, ich bin wieder an einem Punkt,

an dem ich mich nur zurückziehen möchte, im Garten wurschteln, Augen schließen und nichts mehr hören und sehen, wie die drei Affen.«

»Und auf den Tod warten? Meinst du, dass du das besser kannst als etwas tun?«

»Wo ich auch hinschaue, sehe ich, wie grausam wir zum Beispiel mit den Walen umgehen, wie die Norweger und Japaner sie grausam abschlachten und wie sie den Greenpeace-Leuten, die dieses verhindern wollen, mit absolutem Terror begegnen. Nach vier Wochen fährt eine Kommission von siebenundzwanzig Fachleuten an den Unglücksort der Thais und Donau, aber getan wird nichts. Viel zu spät sendet man europäische Hubschrauber, um die afrikanischen Menschen aus den Fluten zu retten.«

»Die Natur und ihre Wesen sind genauso verzweifelt wie du. Ihre Verzweiflung kann nur in Naturkatastrophen für euch enden.

Es sieht so aus, als hätten wir wirklich nichts Tröstliches zu berichten, das wolltest du doch, ausgehend von deiner tiefen, dunklen Angst. So ist nun mal der Ist-Zustand, wirklich nicht tröstlich. Und er würde sich durch deine Angst noch verschlimmern. Deine Angst ist nur wichtig, dass du anfängst zu handeln. Wenn man in der tiefen, dunklen Angst verharrt, trifft genau das ein, vor dem man sich fürchtet.«

»Du sagst es.«

»Wollen wir trotzdem weiterwandern im Land

deiner Seele, weiter suchen? Wege suchen, auch Auswege in Erwägung ziehen?«

»Ja, bitte, ohne Hoffnung können wir nicht leben, kann ich nicht leben.

Ich werde jeden Augenblick als etwas unendlich Kostbares genießen, ihn wie den letzten Augenblick verehren. Jede Sekunde meines Lebens anschauen und darüber nachdenken, was das Leben mir zu sagen hat.«

»Du musst nicht erraten, was das Leben dir zu sagen hat. Lebe es einfach.

Fühle die immer sich ändernden Energien eines Tages, einer Woche, der Jahreszeit. Schwinge im Rhythmus des Mondes, der Sonne, des Regens, des Windes.

Genieße trotz des Wissens des eventuellen Untergangs eurer jetzigen Welt dein Leben, das Leben an sich.

Der Tod geht immer an deiner, an eurer Seite. Schaue auch ihn an, dann hat er keinen Schrecken mehr, ist einfach eine Veränderung deines jetzigen Seins.

Siehst du für dich so nicht schon einen momentanen Ausweg aus deiner Verzweiflung?«

»Ja, aus tiefstem Herzen – ja! Es ist nicht Angst, was ich jetzt empfinde über alles Geschehen auf der Erde, eher ohnmächtige Verzweiflung.«

»In der Tiefe ist es Angst. Verzweiflung hat eine Berechtigung, wenn daraus ein Entschluss zur Tat entsteht, wie auch deine Angst ein großer Antriebsmotor für dich war und ist.«

Ich sitze an meinem Schreibtisch im Schlafzimmer. Die Sonne schaut durch Wolkenschleier und es schneit in großen Flocken. Jede kleine Flocke eine eigene Sternform. Gestern Regen, heute Sonne auf den Garten.

Wir haben nach dem Mondkalender am 29. Februar die ganzen Obstbäume mit Hilfe von Herrn Bischof und Herrn Kleinschmid vom Hochstammverein bei strömendem Regen geschnitten.

Wir sahen aus wie Dreckschweinchen. Herr Bischof hat uns beigebracht, wie man alte Bäume durch einen guten Haarschnitt verjüngt. Sie können sechzig Jahre alt sein und dreißig Jahre nicht geschnitten, man kriegt sie wieder hin, dass sie noch zwanzig Jahre leben und Früchte tragen.

Unsere Apfelbäume hatten schon einen roten Strich, nun sehen sie wieder gut aus.

Die Schneeglöckchen, die wir im Herbst gesetzt haben, leuchten als erste Blumen in dem noch kargen Garten. Auch die Tulpen drängen schon aus der Erde, das hat die Arbeit sehr erschwert, weil in dem nassen Boden jeder Schritt beachtet sein musste, um die Blumen nicht zu zertreten.

Heidi hat natürlich die gefährlichste Arbeit übernommen, sie saß immer mit der Säge oben in den Bäumen. Was würde ich ohne Heidi machen?

X

Auf der Suche nach der
Mondfrau in mir

Gestern war Fastnacht. In Konstanz wurde heftig gefeiert und Heidi kam um halb zwölf mit einer Flasche Sekt und Fastnachtskrapfen. Ihre Freundinnen folgten ihr auf dem Fuße und so fuhren wir zu viert das Pferd von Helena bezahlen, über das Heidi in schiere Verzweiflung ausgebrochen war. »Was soll denn jetzt so ein Ding in unserem Garten!«

Ich beruhigte sie, dass man als Ritter auf der Suche nach dem Gral unbedingt ein Pferd haben müsse. König Arthur hatte das auch. Daraufhin hatte sie friedlich den schönsten Platz für das Pferd unter einem Apfelbaum gesucht. Zur Zufriedenheit von Helena.

In Konstanz begegneten wir überall weiß gekleideten Nachthemdmenschen. Am Abend sollte ein Umzug in der Stadt sein, der alemannische Hemdglonkerumzug. Es war sehr amüsant zu beobachten, wie ernsthaft die Mäschkerle in ihren Nachthemden sich auf der Straße bewegten. Ich war froh, dass ich nicht mitmachen musste, sondern als Zuschauer meinen Spaß hatte.

An diesem Abend versuchte ich wieder, im Gästebett zu schlafen, wachte jedoch mit rasendem

Herzklopfen auf, weil ich im Traum versuchte, ein Baby zu retten vor zwei russischen Kardinälen.

So ein Quatsch!

Ich träumte heftig weiter. Ich erschlug ein Wesen mit allen möglichen Werkzeugen aus Glas, das sich nicht wehrte und trotz heftiger Schläge immer weiter sprach. Genervt ging ich in der Nacht zurück in mein Schlafzimmer. Auch da träumte ich – nun jedoch erotisch – weiter.

»Sag mal, nimmt man in so einer Nacht – Fastnacht – das Toben der Menschenmasken auf und ist auch im Schlaf in das Geschehen mit eingebunden? Es schien mir so.«

»Du hast immer teil an allem, was geschieht, durch die Verbindung zu allem, was ist. Es treibt sich der Mensch an diesem Tag auf der Erde in einer Rolle herum und Goethes astrales Weltengesindel ist ebenso aktiv und versucht auf der anderen Ebene mitzuspielen und da wird die Trennschicht oft sehr durchlässig. Wenn man so dünnhäutig wird wie du, spürt man das ganze Chaos im Schlaf.«

Heute ist ein neuer Tag und ich habe meine ohnmächtige Verzweiflung in noch konzentriertere Meditation, Gebet und Anrufung umgesetzt.

Immer wieder kann ich nur in mir selbst und vor meiner eigenen Türe säubern und Schönheit und Ordnung herstellen.

Immer wieder Schönheit und Klarheit im Innen und Außen erbauen.

Ich habe nach langer Nichtbeachtung die Lehren der Essener wieder studiert. Den Lebensbaum mit den Tages- und Nachtengeln auswendig gelernt und mir vorgenommen, diese tägliche Kommunikation mit den Engeln der Erde und den Engeln des himmlischen Vaters durchzuführen.

Die Lehren der Essener, die von Dr. Ed Bordaux Szekeley aus den Funden in Qumran am Toten Meer aus dem Aramäischen übersetzt wurden, sind eine geistige Fundgrube für mich.

Heute Morgen hat mir dieses Gebet geholfen, mein Gleichgewicht wieder hergestellt.

Doch Glaube
ist ein Führer über die klaffenden Schluchten
und die Ausdauer
ein fester Stand im schartigen Fels.
Jenseits der eisigen Gipfel des Ringens
liegt der unendliche Garten der Weisheit
in Frieden und Schönheit,
wo der Sinn des Gesetzes
den Kindern des Lichts bekannt gemacht wird.
Hier im Mittelpunkt seiner Wälder
steht der Baum des Lebens,
Geheimnis aller Geheimnisse.
Wer Frieden gefunden hat
in den Lehren der Alten,
durch das Licht des Geistes,
durch das Licht der Natur

und durch das Studium des Heiligen Wortes,
hat die wolkenerfüllte Halle der Alten betreten,
wo die heilige Bruderschaft wohnt,
von der niemand sprechen darf.
Erkenne diesen Frieden mit deinem Geist,
ersehne diesen Frieden mit deinem Herzen,
vollziehe diesen Frieden mit deinem Körper.

»Geliebter Pan, möge deine Panflöte mir die Melodie meines Weges komponieren und uns alle in dein Konzert einhüllen und dabei unsere eigenen Melodien in uns auferstehen lassen.

Dass wir auch fähig werden, das Lied einer Landschaft zu hören, den Gesang eines Baches wieder wahrzunehmen und das donnernde Rauschen des Meeres unser Blut durchströmte.

Dass die Stimmen des Waldes für uns wieder vernehmbar werden, denn überall spricht die Natur zu uns, singt sie ihr Lied, doch die Zuhörer fehlen.

So wird die Stimme des Sturmes uns zwingen, angstvoll hinzuhören.«

»Guten Morgen, meine Liebe, schön, dass du dich wieder in die Stille begibst. Du siehst, wie schwierig es inmitten der Alltagspflichten ist, wirklich in die tiefe Ruhe einzutreten.

Da bist du also wieder und willst meine Melodie hören. Es wäre so schön, wenn sich viele Menschen auf das Lied der Natur besinnen würden.

Vielleicht werdet ihr alle eines fernen Tages

meine Panflöte vernehmen, wenn die neue Erde sich aus der alten herausschält, herausgeboren wird.

Ich glaube, meine Kinder der Erde und des Himmels, einen anderen Weg gibt es nicht mehr.«

»Mittlerweile bin ich auch zu dieser Erkenntnis gekommen. Weißt du, Pan, die Nächte sind in der letzten Zeit für mich sehr kurz. Ab drei Uhr ist mein Schlaf beendet. Ich stehe wie unter Strom und nutze die Schlaflosigkeit zur Meditation. Mit meiner ganzen Konzentration und Wahrnehmung ging ich wie immer in den roten Strom der Erde. Und zu meinem Entsetzen musste ich feststellen, dass der rote Strom, das Blut der Erde, schwarz geworden ist.

Ich tastete mich weiter und der Strom wurde weiß, aber wie erstarrt.

Ich sah auf einem weißen Platz einen höher gelegenen, großen, weißen Tempel. Das Pantheon, dachte ich, obwohl ich nicht genau weiß, was das ganz genau ist.

Dieser Tempel hier hatte einen griechischen Giebel und der Eingang ruhte auf Säulen und war sehr lang gestreckt. Ich sah nur das große Gebäude, das kühle Weiß, hörte keine Stimme und kein Wehklagen.

Weiß wäre doch die Farbe der Auferstehung. Der Fluss war schwarz und wurde dann weiß, kannst du mir sagen, was dies bedeutet?«

»Wenn ihr einen Fluss so gründlich tötet wie die Donau, hat das eine Rückwirkung auf die Adern der Erde, sie erstarren und werden schwarz. Die Auferstehungskraft der Erde, das Weiß, das du auch an Pflanzen beobachten kannst, wenn sie in der Erde ihre Triebe bilden, ist in hohem Maße vorhanden. Die Erde sammelt ihre Kräfte in diesem weißen Haus, in ihrem Pantheon. Jede eurer Meditationen, all eure Fürsorge hilft, diese kristallweiße Kraft in der Erde zu verstärken.«

»Wo man auch hinschaut, sieht man unsere kurzsichtige Rücksichtslosigkeit. Ich lerne durch dich, immer besser hinzusehen, ohne in ohnmächtige Verzweiflung zu geraten.

Ich nehme es, wie du sagst, als Ist-Zustand.

Heute Nacht dachte ich, man müsste die Kraft haben, die negativen Bauwerke auf der Erde zu entmaterialisieren.

Zum Beispiel diese verseuchte Halde von Autos und Hubschraubern in Tschernobyl, die noch dreitausend (!) Jahre ihre Verseuchung ausstrahlt. Einfach auflösen – entmaterialisieren. Materie, die geschaffen wurde aus Geist, wieder in den Geistzustand zurückbringen.«

»Ja, wenn ihr Meister des Lichtes wärt, könntet ihr dieses Problem so lösen.

Ich glaube jedoch nicht, dass die Meister des Lichtes eure Probleme für euch lösen werden.

Entwickelt euch dahin, entwickelt euch in den

Christus; deshalb seid ihr eigentlich hier. Mit der Christuskraft könntet ihr viele eurer jetzigen Probleme lösen.

Die Melodie der Erde ändert sich gewaltig. Die geistigen und die irdischen Mächte geben einen neuen Akkord, einen höheren Ton an, der die Materie durchschwingt und ungeahnte Kräfte freisetzt.

Die Melodie ändert sich von Zeitalter zu Zeitalter. Stell dir vor, Bach, Mozart, Beethoven, Brahms und Schumann spielen gegen die Misstöne auf, so könntest du es irdisch erklären.«

»Ich finde das Leben spannend, Pan. Ich habe mich durch das Gespräch mit dir entwickelt, ich sehe anders, ich höre neu, ich habe das Gefühl, ich lebe zum ersten Mal richtig. Ich lebe im Land meiner Seele.«

»Na, meine Liebe, falsch leben kann man nicht. Man macht Erfahrungen, die das scheinbar falsche Leben dir einbringt und dich eventuell den richtigen Weg finden lassen.«

»So taste ich mich weiter durch den Garten meiner Seele und unseren Garten, der immer schöner wird.

Die Schneeglöckchen singen im Wind, die Tulpen und Narzissen drängen heraus, die Primeln leuchten als Farbtupfer in der braunen Erde, die Krokusse stehen in der Wiese und rufen den Frühling aus.

Unser Wald ist völlig gesäubert, der steile Abhang bekommt Bohlen-Treppen und der kleine Bach stürzt fröhlich und klingelnd hinunter.

Wir bauen weiter Schönheit, solange es erlaubt ist.

Eben höre ich, meine Problemfrau will ihre Wohnung verkaufen und bietet sie mir an – zu einem Traumpreis natürlich.

Ich habe sie gar nicht mehr als Problem empfunden und sie total losgelassen, sodass mich dieses Angebot wirklich überrascht. Noch vor einem Jahr hätte ich gejubelt, jetzt ist es mir fast gleichgültig.

An meiner Reaktion merke ich am deutlichsten, wie sehr ich mich verändert habe.

Nach einer beredten halben Nacht mit der klugen Frau Doktor, einer weiteren Nachbarin, die direkt unter mir wohnt, über die, wie sie meint, Ungerechtigkeit, die ihr im Moment widerfährt, setzte ich ihr ein Erlebnis dagegen, das ich als ungerecht empfunden habe. Ich war ungefähr dreißig Jahre, mit Kind neu im Westen und in München, von Fritz Kortner an die Kammerspiele engagiert. Das bedeutete eine Stabilisierung meines damaligen Flüchtlingsdaseins.

Mein Sohn Alex lebte bei meiner Mutter und ich in einem 1-Zimmer-Appartement. Nun zog ich mit Alex in eine 3-Zimmer-Wohnung in die Hörwarthstraße. Eine so große Wohnung war in der damaligen Zeit für mich ein Luxus. Doch wir waren wieder zusammen, Alex und ich, und wir waren glücklich.

164

Also, es schien alles wunderbar zu laufen.

August Everding, der damalige neue Intendant der Kammerspiele, bestellte mich zu sich. Ich hatte nur einen Gastvertrag für ›Othello‹ als Emilia. Ich dachte, nach dem Erfolg, den ich in der Rolle hatte, dass ich jetzt ein festes Engagement an den Münchener Kammerspielen bekommen würde. Unser Gespräch war über alle Maßen gut. Er lobte mich, meine Kraft, ich wäre die Nachfolgerin von Maria Becker und der Wimmer und auch noch schön. Beflügelt ging ich nach Hause. Am nächsten Tag bekam ich die Kündigung meines Gastvertrages. Zu viel Gefühl, meinte er so nebenbei. Alex musste wieder zu meiner Mutter und mein Existenzkampf begann von neuem. Da eine Rolle, dort ein Drehtag, immer auf Achse, immer unterwegs. Doch dieser Tritt in den Hintern, den ich – und besonders Alex als Kind – als sehr ungerecht empfunden habe, war wie eine Zornrakete in mir: Dem werde ich's zeigen! Jetzt erst recht! Die Kammerspiele sind nicht die Welt! Jeder Schicksalsschlag, und sei er noch so hart, ist Treibstoff für einen neuen Weg, ein himmlischer Fußtritt in deinen Allerwertesten, dich von hier woanders hinzubewegen. ›Nimm es als solchen, meine liebe Frau Doktor!‹

Ich hoffe, sie ging etwas weniger betrübt schlafen.«

»Das tat sie. Für jeden Menschen ist es eine Notwendigkeit, sich den Müll sozusagen von der Seele zu reden. Du brauchst eigentlich gar keine Beispiele von dir einfließen zu lassen, weil die Menschen meist in ihren eigenen Problemen gefangen sind und gar nichts von dir hören wollen. Was ich dir schon einmal sagte: zuhören und Licht in die Verhältnisse atmen!«

»Hm, ich gebe zu, so weit bin ich noch nicht. Ich rede dann immer mit und meistens zu viel.

Am Tag nach dem Gespräch begab ich mich, auch durch die Müdigkeit, wieder in die Ruhe, meditierte und versuchte, ohne dich meine Spiegelseen und mein Feld und die Kapelle zu besuchen.

Meine Spiegelseen reinigte ich wieder und zu meinem Erstaunen schwamm auf dem rechten See ein Schwan, links sah ich keinen. Wie schön, dachte ich, ein Schwanenritter auf meinem See.

Mein Feld war auch recht plastisch. Da war der große Kirschbaum und Sträucher entdeckte ich, links war es, außer kleinen grünen Stecklingen, noch leer. Ich beschloss, einen Apfelbaum zu pflanzen. Goldorange, so was gibt es glaub ich noch nicht, damit das Gleichgewicht auf dem Feld wieder hergestellt wird. Bei dem Schwan war mir klar, dass ich keinen herzaubern konnte. Der männliche Teil in mir rechts ist demnach kraftvoller als mein weiblicher linker Teil. Das sehe ich auch in meinem Gesicht. Meine linke Gesichtshälfte ist angestrengter, von den Erlebnissen viel mehr gezeichnet, und meine ganze linke Seite im

Körper ist anfälliger als meine rechte. Mein weiblicher Teil, die Frau in mir, muss noch mehr erwachen. Sehe ich das richtig?«

»Und wie! Du hast das Weibliche in dir meistens verleugnet. Die Vernunft, die Ratio, der Verstand waren immer stärker. Auch wenn Everding deine Gefühlsstärke als etwas Negatives empfunden hat. Das Gefühl hast du auf der Bühne, in deinen Rollen ausgelebt oder hineinfließen lassen. In deinem Leben als Frau bist du dem Weib in dir immer ausgewichen.«

»Du, wenn ich mal als Frau unterwegs war, hatte ich sofort ein Messer in der Brust und eines im Bauch. Warum sollte ich mich auf diese Weise verletzen lassen? Diese Frau, die ich gerne sein wollte, war lebensgefährlich. Also siegte meine Vernunft.«

»Ja, du siehst, du hast einen Schwan, es sollten aber zwei sein.«

»Wie soll ich das machen in meinem hohen Alter? Wie soll ich das Weib zum Glühen bringen? Da bin ich wirklich gespannt, was dir und dem Leben noch einfällt. Es ist mir bewusst, dass noch ein Schwan hermuss, ich überhaupt das Gleichgewicht des weiblichen und männlichen Anteils in mir finden muss. Das Männliche dominiert unsere Welt und ich war nicht stark genug und habe mich angepasst.«

»Du brauchtest, um in deinem Beruf Erfolg zu

haben, deinen starken männlichen Geist. Nun kannst du in deine Weiblichkeit, deine Verletzlichkeit eintauchen, die Mondfrau in dir leben.«

»Da muss ich erst suchen. An deiner Hand wird es mir vielleicht gelingen. Aber du bist auch ein Mann!«

»Ein Gott, vergiss das nicht!«

»Nein, vergess ich nicht, wie könnte ich!

Ich wanderte dann vom Feld weiter allein in meine Kapelle, die außerordentlich hell war, und stieg hinunter in die Erde. Der Fluss war immer noch schwarz, wurde dann weiß und ich kam zu dem großen Platz mit dem riesigen Tempel, dem Pantheon der Erde. *Pan* heißt alles, das All und *Theos* Gott, Pantheon ist also die Heimstatt der Götter, der Erde ... oder dein Tempel? Bitte lass mich nicht alles wie ein Puzzlespiel zusammenfügen! Hilf mir doch!«

»Ich kann die Erkenntnis für dich nicht suchen und auch nicht für dich finden. Ich kann dir auch nicht auf alles eine Antwort geben. Das will ich auch gar nicht. Du sollst mit deiner weiblichen Intuition einen Einweihungsweg gehen, allein – mit mir im Hintergrund – vielleicht als Helfer in der Not, auch mal als Wegweiser – als Freund – als Seelenfreund.

Du wolltest mit Erda, der Göttin der Erde, sprechen? Und du hast sie gehört. Versuche es weiter allein. Versuche es weiter. Mit mir an der Seite in

das Pantheon, das du ja schon gefunden hast, ein-
zudringen – ist keine Kunst.

Allein mit deiner Wahrnehmung diesen Weg zu
suchen wird dir auch die Erkenntnis bringen, die
du wünschst.«

Noch ein Puzzlespiel.

XI

*Ich werde alles loslassen, was
mich im Außen bedrängt*

In den Nächten, in denen ich die Essener Elegien las, wachte ich morgens auf mit dem Namen Zebedäus. Der Name wurde immer hartnäckiger in mir, sodass ich auf die Suche ging, wer dieser Zebedäus eigentlich ist. Ich fragte Anita, fragte meine kluge Frau Doktor, und die riet mir, in der Bibel zu suchen. Da fand ich ihn, Zebedäus, den Vater von Jakobus und Johannes, den zwei Jüngern Jesu. Ich nehme an, dass Zebedäus Lehrer bei den Essenern war und seine beiden Söhne ebenfalls da ausgebildet wurden, so wie auch Jesus. Damit wäre eine andere Grundlage für ihre Jüngerschaft vorhanden. Ich glaube nicht, dass man alle Jünger auf der Straße auflesen kann.

Und warum, fragte ich mich, ist der Vater von diesen beiden, von Jakobus und Johannes, in der Bibel überhaupt erwähnt?

Ich suchte weiter mit Frau Doktor im Internet und das war wirklich umwerfend. Genial, würde Frau Doktor sagen. Ihr Lieblingswort!

Der Name Zebedäus wies uns zum Jakobsweg nach Santiago de Compostela und nach Ephesus, zum Evangelisten Johannes und zu Karl dem Großen, der den Weg nach Compostela geträumt hat.

Als er des Krieges müde war, sah er plötzlich am Himmel eine Sternenstraße. Sie begann am Friesischen Meer, führte über Deutschland und Italien, Gallien und Aquitanien, durchquerte in gerader Linie die Gascogne, das Baskenland, Navarra und Spanien bis nach Galizien, wo der Leichnam des Jakobus ruht. Eines Nachts erschien ihm eine über die Maßen schöne Heldengestalt und sagte zu ihm: »Karl, was tust du, mein Sohn?«

Er aber sprach: »Wer bist du, Herr?«

»Ich bin«, sagte jener, »der Apostel Jakobus, der Jünger Christi, Sohn des Zebedäus und Bruder des Evangelisten Johannes.«

Er fordert Karl auf, sein Grab von der Herrschaft der Sarazenen zu befreien: »Darum tue ich dir kund, dass der Herr, so wie er dich zum mächtigsten der irdischen Könige machte, dich vor allen anderen dazu auserwählt hat, meine Straße zu bereiten und meine Erde aus den Händen der Almoraviden zu befreien.«

So hat also Karl der Große für die Pilger die Straße freigekämpft.

Auf der Reichenau fand ich ja auch schon eine Spur zu Karl dem Großen. Soll ich jetzt nach Santiago de Compostela reisen? Fast höre ich meine innere Stimme ja schreien.

Der Name Galizien ist mir schon seit meiner Kindheit vertraut. Die Großmutter sprach oft von Galizien, warum, weiß ich nicht – vielleicht gibt es

174

ja noch ein anderes Galizien. Also, was habe ich mit Zebedäus zu tun?

Ich hatte schon einmal so ein Erlebnis. Bevor ich nach Ägypten fuhr, träumte ich den Namen »Hathor«, habe dann in Ägypten jedoch eigentlich nichts erfahren. Ich dachte zunächst, Hathor sei Pan, sein Urname. Ich kann mir zwar Zusammenhänge ausdenken, die Hathor und Pan in Verbindung bringen, Götter, die oft die gleiche Aufgabe haben. Doch wirklich verstanden habe ich den tiefen Sinn bis heute nicht.

Und jetzt Zebedäus! Er führt mich zu den Jüngern Jesu. Zwei seiner wichtigsten Jünger. Jakobus wurde enthauptet. Auch über ihn fanden wir im Internet interessante Geschichten.

War es nicht göttliche Fügung, dass ein spanischer Hirte in den Bergen von Padron von einem Stern zu einem Marmorsarg geführt wurde, in dem vermeintlich die Gebeine des Apostels Jakobus ruhten? Oder war vielleicht das Apostelgrab doch jenes, das Bischof Theodomiru von Tria im Jahre 813 entdeckte, der von einem wundersamen Licht direkt auf einem am Grabe wachsenden Strauch geleitet wurde?

Es ist wahrlich nicht leicht, all diese Fragen zu beantworten, denn nach der Bibel wurde der Apostel Jakobus, Sohn des Zebedäus und Bruder des Johannes, unter Heroth Agrippa in Jerusalem enthauptet.

Es war im Jahre 44, als Jakobus zusammen mit seinem Bruder Johannes von den Zenturionen Lysius und Theocritus festgenommen und ins Gefängnis geworfen wurde. Ein Hoher Priester namens Abiathar hatte die Volksmenge zu Krawallen aufgehetzt und beschuldigte Jakobus und seinen Bruder als Anstifter. Daraufhin wurde Jakobus mit der Schlinge um seinen Hals von dem Schriftgelehrten Josias zu Heroth Agrippa geführt, der seine Enthauptung befahl.

So die Geschichte vom Martyrium des Jakobus – zumindest, wie sie in den ersten achthundert Jahren von den Christen weitergegeben wurde. Dann jedoch begannen die Wunder zu geschehen – und wie durch ein Wunder war die Geschichte völlig anders.

Den frühesten schriftlichen Beleg über den Apostel Jakobus und sein Grab finden wir erst in dem »Martyriologicum« des französischen Mönches Usard im Jahre 865. Alle anderen früheren Überlieferungen sind weniger historisch fundiert als liebenswert und geheimnisvoll. Wer mag es wohl gewesen sein, der damals in jenem Marmorsarg ruhte, und wer befindet sich jetzt in dem aus Silber getriebenen prunkvollen Reliquienschrein unter dem Hauptaltar der Basilika in Santiago de Compostela? Kann man noch an Wunder glauben, wie der Leib des kopflosen Jakob nach Spanien überführt wurde? Es ist zumindest eine wundervolle Geschichte.

In Jerusalem hatten seine Jünger den Leichnam

des Jakobus in tiefer Nacht geraubt und zur Küste gebracht, wo durch göttliche Fügung ein Schiff bereitgestellt war, das übrigens keine Ruder und keine Segel hatte, denn es war der Engel des Herrn, der es in sieben Tagen nach Galizien geleitete; der aufgebahrte Jakob wurde in einem Boot von einem wunderschönen Schwanenweibchen mit erhobenen Schwingen nach Spanien gezogen.

Als die Jünger nun mit dem kostbaren Leichnam die Küste Irias und das Land der Königin Lupa erreicht hatten, legten sie ihn auf einen langen Marmorblock. Sogleich nahm der Stein, als sei er aus Wachs, den Leib in sich auf und wurde zum Sarkophag des Heiligen.

In der Legende ist Königin Lupa (ihrem Namen »Wölfin« gerecht) eine ziemliche Schurkin gewesen. Wie von einer fantasievollen biblischen Feder gezeichnet, tat sie ihr Bestes, um die guten Jakobsjünger zu verwirren und sie davon abzuhalten, eine Ruhestätte für ihren verehrten Meister zu finden. Doch ein paar gut platzierte Wunder besänftigten die bösgesinnte Königin, schufen Glaube in ihr und machten aus ihr eine gute Christin. Ihren geliebten Palast ließ sie in eine Kirche umwandeln, vermachte alle ihre Reichtümer und Schätze der Kirche und endete ihr Leben mit guten Werken.

Die braven Jünger fanden einen geeigneten Platz für den Heiligen, begruben ihn und verließen das Land wieder. Danach hüllte den Apostel für eine lange Zeit das Dunkel des Schweigens ein. Genauer gesagt: achthundert Jahre!

»Pan, kannst du mir das nicht erklären, muss ich weiter suchen?«

»Es wird dir nichts anderes übrig bleiben.«

In dem Puzzlespiel und in meiner Bereitschaft, dem Namen Zebedäus oder dem Ruf des Zebedäus zu folgen, fand ich in einem wunderbaren Bildband »Spurensuche auf einer großen Pilgerstraße«, dass der Name Zebedäus bedeutet: Einer, der gibt, oder einer, der gegeben wird. Weshalb wurde er mir gegeben?

»O Pan, ich hatte gestern einen meiner Tiefpunkte. Nachdem meine Nicht-mehr-Problemfrau mich aufgefordert hat, ein schriftliches Angebot für ihre Wohnung zu machen, wachte ich mit einer solchen Wut auf, weil mir bewusst wurde, wie ich bei allem, was ich bisher tat – hier mit dem Bau des Gartens und des Eingangs –, erpressbar bin.

Habe ich einen Weg nach rechts vom Haus gekauft, dürfen da keine Menschen gehen, weil sie die Bewohner der vorderen Wohnung stören. Und links ist ja nicht nur die Problemfrau da, es ist ja auch noch eine Wohnung über ihr, in der Frau Doktor wohnt, und wenn ich jetzt versuche, das Problem zu lösen mit meiner Problemfrau, tut sich vielleicht links oder oben oder unten ein neues Problem auf. Mir wurde sonnenklar, wie gefangen ich bin im Außen. Was ich auch immer zu lösen versuche, es bringt ein anderes Problem mit sich. Ich lasse am besten alles.

Wenn es Gottes Wille ist, dass Menschen in den Garten gehen, muss es einen Weg geben, der lösbar ist. Oder er gibt mir durch die Schwierigkeiten bekannt, es ist nicht meine Aufgabe, hier Menschen ein Stückchen heile Erde zu zeigen.«

»Du bist auf dem besten Wege, etwas zu verstehen, nämlich alles loszulassen, was dich im Außen in der Welt bedrängt, vor allem, wie du mit Recht empfunden hast, dass dich alle schröpfen wollen, weil sie glauben, Berühmtheit ist gleichgesetzt mit viel Geld. Wenn du diesen Weg des Bezahlens und Schuldenmachens gehen würdest, kommt eine Schuldenlast zur anderen. Löse dich, so du kannst, auch von all deinen Werken. Zebedäus heißt einer, der gibt und gegeben wird, das heißt nicht, dass du Probleme aus der Welt schaffst, indem du die Wohnung kaufst.«

»Ich bin noch gar nicht auf dem Weg nach Compostela und dabei habe ich das Gefühl, ich bin schon unterwegs dahin. Mein Innerstes wird nach oben gespült. Es kommt von allen Seiten.

Unterhalb des Gartens ist ein Stück Wald, darunter hat jemand einen Weinberg. Seitdem ich den Garten habe, beschwert sich dieser Weinbergbesitzer über meine Bäume, die angeblich zehn Meter in sein Grundstück ragen.

Wir haben alles, was unten direkt über dem Zaun hing, entfernt. Und jetzt soll ich die Silberpappeln, deren Kronen vielleicht vier Meter in sein Grundstück Schatten werfen, köpfen. Die Bäume stehen im Norden und können eigentlich nach Süden gar keinen Schatten werfen. Doch er hat einen Einzahlungsschein in den Brief gelegt, denn seine Weinqualität sei durch meine Bäume gesunken und ich solle ihm tausend Franken überweisen. Darüber habe ich wahrlich nicht mehr lachen können. Ich bin gespannt, ob der fünfundzwanzig Jahre alte Wald siegt, der vor dem Weinberg da war, oder der Weinberg.«

»Du siehst, es spricht sich herum, dass du Bäume liebst und deren Leben sogar bezahlst. Trotz deiner Liebe zur Natur kannst du dich nicht für alles verantwortlich fühlen. Es sind alles Spiegel, die dir vorgehalten werden, damit du loslässt.«

»Ja, danke! Ich weiß. Ich hatte heute Nacht auch wieder einen Koffertraum, den ich in anderen Varianten schon öfters geträumt hatte, bevor ich eine Reise machte. Ich war zu Besuch bei meiner Freundin Sigrid von Richthofen, die schon lange tot ist. Ihre Wohnung in Hamburg grenzte im Traum durch die Überschwemmung direkt ans Meer, und obwohl sie nicht reich war, hatte sie auf einmal eine Menge Dienstboten. Einer der Dienstboten sagte zu mir: »Ja, wissen Sie denn nicht, sie hat den Mountbatten geheiratet, der durch das Wasser,

durch das viele Wasser oder durch die Überschwemmung alles verloren hat. Sie leben jetzt miteinander.« Ich kramte mühselig meine Sachen zusammen und der Koffer reichte nicht. Ich wusste,
dass ich noch mehr loslassen muss.

Ich fing gleich am nächsten Morgen an, meine
Schals zu ordnen und zu verschenken. Das war zumindest ein Anfang.«

Ich habe eine rasante Woche hinter mir. Samstag
hatte mein alter Zahnarzt in Haigerloch eine Aus-
stellung Münchner Künstler organisiert und wir
trafen viele liebe alte Freunde.

Am nächsten Morgen musste ich um halb acht in
Richtung Basel fahren, weil ich um zwei Uhr in Bu-
chendorf eine Autogrammstunde hatte, um sieben
Uhr Meditation im Steinle-Institut. Es war so gut
vorbereitet, dass ich es wagte, mit den Menschen
in der Meditation den Weg zu unseren Spiegelseen
und unserem Feld zu gehen. Eine große reinigende
Energie wurde frei, die allen half. Siebzig Menschen
konnten in ihrer Visualisation ihre Spiegelseen
sehen. Und selbst jemand, der noch nie meditiert
hatte, war beeindruckt.

Am nächsten Abend war die Lesung und ich
hatte noch nie ein so aufgeschlossenes Publikum.

Zu Hause hatte ich am nächsten Abend Starkbier-
anzapfen in Konstanz, im Inselhotel. Es war ein völlig
anderer Einsatz und ich war leicht und fröhlich in

dem schönen Saal mit den lustigen Konstanzern. Es wurden Witze gerissen, z. B. »Besser von der Kubitschek gemalt, als vom Starkbier gezeichnet«.

Ich saß bei Heidis Schwester und wir haben viel gelacht über die Kommentare von Heidis Schwager, dem Taximüller von Konstanz, der ein Original ist und kein Blatt vor den Mund nimmt.

Ich musste jedoch relativ früh gehen, weil am nächsten Tag das Fernsehen kam, um mich für »Leute heute« beim Malen aufzunehmen. Ich wundere mich oft bei Drehs dieser Art, dass man so junge Leute, die noch ein bissel mehr Ausbildung bräuchten, solche Sendungen machen lässt. Man kann immer nur so antworten, wie die Fragen gestellt werden. Auch das muss ich loslassen.

An dem Tag hatte ich es sowieso schwer. Ich wachte wieder mit dieser unerklärlichen Wut im Bauch auf, über mich, über mein Tun, dass ich mich immer wieder von anderen Leuten zu irgendwelchen Aktionen und Reaktionen zwingen lasse und keinesfalls über den Dingen stehe.

»Es grollt in dir nach, lass es grollen. Da purzeln ein paar Steine, Geröll von deiner Seele, Bewegung in deinem System.«

Ich merkte in mir immer deutlicher, dass ich, um einen wichtigen Schritt weitergehen zu können, das Puzzlespiel aufnehmen und nach Santiago de Compostela fahren musste. Ich fragte Müsselchen, ob sie mitwolle. Ich dachte, wir könnten mit dem Auto fahren, doch sie belehrte mich, dass es Tausende Kilometer seien und wir da mehr Zeit bräuchten.

Da ich am 30. März und am 13. April Termine habe – organisierte sie uns einen Flug am 1. April. Das machte sie großartig.

Auch Müsselchen wollte sich über viele Dinge klar werden. Sie hatte den Mut, im letzten Jahr von zu Hause auszuziehen, und versuchte, allein zu leben. Doch hat sie erfahren, dass die ersehnte Freiheit, Freisein, sie nicht glücklich gemacht hat und sie so gar nicht leben konnte. Sie weiß nicht warum. Sie hängt an ihrem Dorf und wird auch ihr Schuldgefühl ihrem Mann gegenüber, ihn allein zu lassen, nicht los.

Ich habe in dieser Freundschaft mit ihr immer wieder lernen müssen loszulassen, sie ihre Wege gehen zu lassen und nur da zu sein als Freund.

Auf einer Fahrt zu einer Lesung nach Wiesbaden las ich ihr aus dem Buch »Das unpersönliche Leben« vor. Ungefähr so: Dass wir, um zu wachsen, uns den richtigen Seelenpartner aussuchen. Wir denken zwar, dass unsere Persönlichkeit dieses tut, doch ist es immer unser höheres Selbst, unsere Ich-Bin-Gegenwart. Unsere Ich-Bin-Gegenwart, Gott in uns, der uns zu dem Menschen führt, der uns am meisten Schwierigkeiten macht. Denn der, nur der, ist unser wichtigster Lehrmeister. Wenn wir einen gleich gesinnten Lebenspartner hätten, würden wir uns jeden Tag versichern, wie gleich wir denken, wie toll wir zusammenpassen, und die Entwicklung wäre gleich null.

Wir sehnen uns natürlich nach Harmonie und dem Seelengefährten, der uns vollkommen versteht. Doch anscheinend ist dieses vollkommene Spiegelseelenbild der Christus in uns, den wir finden und suchen und zu dem wir uns entwickeln sollen. Diese unerklärliche Sehnsucht, die uns im Außen suchen lässt, gilt ihm und wir rennen in sämtliche Einbahnstraßen, schlagen uns die Köpfe wund, bis wir endlich so weit sind, uns nach innen zu wenden, die Stille zu suchen und still zu werden.

Müsselchen und ich verstanden nun beide, dass wir die richtigen Lebensgefährten haben, die uns in unserer Entwicklung weiterbringen. Das Wichtigste für uns ist dieses vollkommene Vertrauen, was Müsselchen zu ihrem Mann und zu Heiligenberg empfindet und ich zu Wolfgang. Dieses Gefühl des Vertrauens, das ich als etwas Heilendes in meinem Leben empfunden habe. Obwohl Wolfgang meistens unterwegs ist, ist er doch immer da. Bei meinen anderen Männern war es umgekehrt. Die waren immer da, sie waren jedoch meistens unterwegs.

»Bei diesem Tun im Außen, muss ich dir gestehen, komm ich nicht in die tiefe Ruhe, die ich brauche, um dich zu hören, Pan.«

»Ich klinge in dir auch, wenn du glaubst, du

klingst. Ich spreche, auch wenn du denkst, du sprichst. Ich bin immer mit dir. Ich höre dich auch, wenn dein Innerstes nach oben gekehrt wird in deiner grollenden Wut.«

»Was kommt da nach oben? Was kommt da hoch? Ich spüre nur, dass es mich klärt, dass ich mich nicht noch mehr in den Garten und die daraus entstehenden Probleme wühle.«

Nach meinem Entschluss habe ich auch meiner Agentin Carla Rehm erzählt, dass ich nach Compostela fahre. Worauf sie ganz entgeistert fragte: »Seit wann interessierst du dich für katholische Heilige und katholische Wallfahrtsorte?«

»Aber Carla, die Maria war ja nicht katholisch und der Jakobus auch nicht, die hat man ja einfach adaptiert. Jesus würden heute die Hohen Priester genauso verurteilen wie damals. Jemand, der behauptet, der Vater und ich sind eins, begeht nach wie vor Gotteslästerung.«

»Na, meine Liebe, jetzt übertreibst du aber!«

»Ich sage dir, wenn Jesus heute wieder unterwegs wäre mit seinen zwölf Jüngern, er hätte die größten Schwierigkeiten.«

Da ich für zwölf Tage wegfahre, müssen wir uns ein bisschen verabschieden. Müsselchen hat alles bestens organisiert und Heidi denkt an alles. Sie brachte gestern Pflaster und Fußcreme, ein Spanischbuch und für sämtliche Eventualitäten Salben und Tuben.

Am Abend kamen noch der Flurpräsident und der Förster, um den Wald zu begutachten. Er ist als Wald in der Landschaftskarte von Salenstein eingetragen und als Wald hat er das Vorrecht vor dem Weinberg und die Bäume dürfen leben bleiben. Das hat mich sehr beruhigt.

In dem großen Compostelabuch steht, dass Franz von Assisi auch für die Natur nach Compostela gepilgert sei. Die Kirche tat alles für ihre Prachtbauten und die Natur machte sie sich untertan.

»Ich habe mir vorgenommen, geliebter Pan, auch für die Natur und ihre Lebewesen nach Compostela zu gehen, leider nicht zu Fuß, jedoch mit der Geisteshaltung, dafür zu bitten, dass die Menschen erwachen im Bewusstsein des Einsseins mit allem, was ist. Und wenn wir eins sind, mit allem was ist, werden wir uns anders verhalten gegenüber unserer Mutter Erde.«

»Du verstehst oder begreifst schon etwas von dem Puzzlespiel des Zebedäus. Du wirst für dich selbst auch zu einer Erkenntnis kommen, die dich dann später weiterträgt.«

»Deshalb wache ich jede Nacht um drei Uhr auf und höre in die Nacht, in die Stille, versuche zu verstehen. Ich danke dir, dass du mich gestern Nacht bei meinem Versuch, mich wieder zur Mutter Erde vorzutasten, unterstützt hast. Meine Spiegelseen waren bewegt und der Schwan sehr unruhig. Kannst du mir sagen, warum?«

186

»Du bist ja auch nicht gerade ruhig, wenn du spürst, dass das Unterste nach oben kommt. Der Schwan, dein kleines Universum, ist mit deiner momentanen Schwingung und Stimmung eins. Verstehst du langsam die Größe und den Umfang deines Seelenbewusstseins, deines Universums?«

»Ja, ich verstehe, dass ich, der heutige Mensch Ruth Maria, die Summe aller Erfahrungen in meinem Seelenbewusstsein darstellt und dieses Seelenbewusstsein in die irdischen Entscheidungen einbezogen und gehört werden sollte. Du siehst, ich versuche es, ich höre hin, nächtens und am Tag.«

»Hat es dich beruhigt zu fühlen, als du an meiner Seite gingst, dass der schwarze Fluss in der Erde schon von Tausenden von Wesen gereinigt wird, damit der rote Fluss wieder strömen kann?«

»Ja, ich fühlte, wie das schwarze, verkrustete Material abgeschält wurde und darunter wieder das Rot zu sehen war. Doch auf der Erde ist das Gift unten im Fluss.«

»Eben, die Menschen, die am Fluss leben, werden auch versuchen, ihn zu heilen, weil es für sie lebensnotwendig ist. Lebensnotwendig! Verstehst du? Sonst sterben sie wie der Fluss oder müssen ihre Heimat verlassen.«

»Es tröstet mich, auch für die Menschen am Fluss, dass die Naturwesen in der Erde versuchen zu heilen. Draußen windet es, regnet es und es sieht auch kalt aus.«

»Nütze den Tag, meine Liebe, und sei fröhlich! Genieße die Ruhe, das Essen mit dem Kind, sei heiter, geliebte Apfelschnute, auch wenn alles um dich herum nicht immer so aussieht.«

»Ich danke dir und wünsche dir dasselbe. Segen für die Natur und Heiterkeit.«

»Wir werden es schon schaffen. Wir lassen den Kopf nicht hängen, du alte Ahnfrau!«

»Wieso spottest du, nennst mich alte Ahnfrau? Hätte ich nicht fünf Jahre, bevor die Mauer kam, fast jede Nacht geträumt, dass Unter den Linden am Siegestor eine Mauer gezogen wird und es kein Durchkommen mehr nach West-Berlin geben würde, hätte mich dieser eindringliche Traum nicht gewarnt, wäre ich nicht 1958 mit meinem Kind in das Nichts gegangen – besser gesagt: mit nichts in den gelobten Westen. Drei Jahre später wurde diese Mauer Wahrheit.«

»Wer glaubst du, hat dich nächtens gewarnt?«

»Du?«

»Mm!«

»Ich fühle im Moment wieder eine Art Warnung. Vor was? Ich sehe es nicht.

Apropos Ahnfrau! Am Geburtstag meiner Mutter, ich war in Gütersloh auf Tournee, sah ich auf einmal das Gesicht meines Vaters riesengroß am Himmel, sehr schön und asketisch, und da wusste ich, er stirbt heute Nacht. Ich rief meine Mutter an, sie hatten Gäste und Vater saß friedlich dabei. ›Du alte Hexe‹, war der Kommentar meiner Mutter. Doch als der

Vater früher ins Bett ging, schaute sie, wohl doch etwas aufgescheucht durch mein Telefonat, nach ihm. Auch sie spürte, dass es so weit war, und setzte sich ruhig neben ihn und begleitete ihn. Das rechne ich meiner Mutter hoch an, dass sie ihn in Ruhe gehen ließ, ohne Arzt, zu seiner festgesetzten Zeit. Wie gesagt, unsere Katastrophenmieze, wie wir die Mutter nannten, war in schwierigen Situationen ganz groß.«

»Mm! Ich sage nur, mm!«

»Aha, also immer du? Dann nehme ich die Ahnfrau an.

Heute Abend schlafe ich bei Müsselchen und morgen früh um sechs Uhr fliegen wir. Vielleicht erfahre ich in Compostela ja nur die tiefere Bedeutung des Namens Zebedäus. Ich weiß, Zebedäus heißt: einer, der gibt und gegeben wird. Ich habe alles meinem höheren Selbst übergeben und vertraue darauf, dass ich den richtigen Weg gehe.«

»Es kommt auch nicht darauf an, ob du etwas erfährst oder mit einer überraschenden Erkenntnis nach Hause kommst. Wichtig ist dein Hingeben und Leitenlassen und in die Tat gehen und es nicht als Hirngespinst abtun.«

»Pan, ich war vorhin noch mal beim Kastanienbaum Abraham, um Abschied zu nehmen. Vor fünfzehn Jahren ungefähr hatte ich zum ersten Mal das Gefühl, dass du aus diesem Baum mit mir sprichst.«

»Das war die Zeit, wo du anfingst, mich wahrzunehmen.«

XII

Ich gehe zum Stern der
Offenbarung

Das ist nicht zu fassen, wir sitzen wirklich im Flugzeug nach Bilbao auf dem Weg nach Compostela.

Gestern Abend brachte mich Heidi zu Müsselchen nach Stetten, und wir haben ernsthaft über mein Testament nachgedacht. »Ich habe alles in meinem Schlafzimmer hinterlegt.«

»Wer kriegt den Garten?«, fragte Heidi interessiert.

O Gott, daran hatte ich nicht gedacht. »Na, du selbstverständlich! Du hast ihn aufgebaut und damit gehört er dir!«

»Wenn ihr nicht mehr seid, will ich auch nicht mehr leben«, sagte Heidi. »Dann arbeite ich, bis ich tot umfalle.«

»Aber Heidi, das Leben ist doch viel zu schön. Und wir passen dann schon auf dich auf von der anderen Seite. Doch uns passiert nichts. Wir haben hier noch viel zu viel zu tun.«

Später kam auch noch Marianne zu Müsselchen. Sie ist Rechtsanwältin und mit ihr schrieben wir noch den Zusatz für den Garten. Wir bekamen von Marianne Informationen über Garabandal, dem Erscheinungsort Mutter Marias und Erzengel

Michaels. Sie erschienen dort mehrmals Kindern – ich hatte auch einen Film darüber gesehen. Sehr erschütternd. Die Gesichter der Kinder in glühendem Sehen himmlischer Erscheinungen. Dass ich jemals selbst dahin fahren würde, hätte ich nie gedacht.

Um zehn Uhr abends gingen wir schlafen, doch ich war so voller Energie, dass ich um ein Uhr anfing zu meditieren – bis vier Uhr früh. Ich reinigte meine Chakren und versuchte, mich immer mehr in Licht zu hüllen.

»Ich fühlte dich, Pan, an meiner Seite. Müsselchen, die fest schlief und manchmal ein bisschen röchelte, merkte nichts davon.«

»Dieser Weg nach Compostela, meine Liebe, ist ein alter Drachenweg, der eine sehr starke Erdenergie ausstrahlt und deshalb bei den Pilgern so eine große Auflösungskraft hatte und hat. Die Großartigkeit und Wildheit der Natur und ihrer vielen Landschaftsengel unterstützen dieses Geschehen.

Natürlich geschah auch hier viel Missbrauch. Rufe Erzengel Michael, nur er kann auf diesem Drachenweg führen. Rufe ihn, bevor ihr morgens aufbrecht, stell ihn dir vor, wie er sein blaues Flammenschwert erhebt und den Weg freiliebt, nicht nur für euch. Jemand muss ihn bitten, dass dieses wieder und wieder geschieht. Auch ihr solltet euer Flammenschwert in euren Meditationen benützen.

Lass deine Lichtwurzeln auch durch das Auto in die Erde fließen und segne, so viel du kannst.«

»Ich verstehe, Pan. Ich gehe zum Stern der Offenbarung. Compostela heißt Sternenfeld; der Weg heißt Sternenstraße. Ist dies ein Hinweis, Stern der Offenbarung? Könnte doch so ein Wallfahrtsort sein, der auch noch Sternenfeld genannt wird?«

»Das ist die eine Seite. Doch der Stern der Offenbarung ist auch in dir, du musst ihn zum Sprechen bringen. Jeder hat eine andere Art Erfahrung auf diesem Weg. Gehe du deinen eigenen Weg, ganz auf deine Ich-Bin-Gegenwart gerichtet. Höre auf deine innere Stimme. Du weißt, ich bin bei dir.«

»So eine Nacht ohne eine Minute Schlaf habe ich überhaupt noch nie erlebt. Um vier Uhr stand ich völlig frisch auf, durchgekocht in jeder Zelle, der Druck auf meinem Kopf war so stark, dass ich ihn fast nicht ausgehalten habe.

Nach dieser starken Energie bin ich sehr gespannt auf diesen Pilgerweg. Und doch versuche ich nichts zu erwarten.«

»Du bist schlau, das hast du von Helena!«

»Apropos Helena. Sie kam zum Essen mit einem dicken alten großen Buch, einem Lexikon. Sie hatte ihrer Mutter erklärt, sie liebe alte Bücher, und hat mit der Lupe die Buchstaben, die sie kennt, herausgesucht. Sie will wissen, sie will lernen. Das gefällt mir. Wir buchstabierten dann Worte wie Essen. Wir sagten *es* und sie meint *s* und nicht *em*, sondern *m*. Sie brachte mir für die Reise ein selbst gebasteltes Lesezeichen mit Schmetterlingen und Kleeblatt und Chris auch ein selbst gebasteltes Lesezeichen mit einem Bild von Helena als Sonnenfee und einem schönen Spruch. ›Je weniger ich benötige, um frei zu sein, desto freier bin ich!‹«

In diesem Sinne begannen wir unsere Pilgerreise.

Als wir im ersten Hotel in Santo Domingo de la Calzoda mit Rucksack und etwas derangiert an der Rezeption ankamen, wollten sie uns nicht nehmen. Wir liefen durch die Stadt, fanden jedoch nichts anderes, außer einer Pilgerherberge. Eigentlich gehörten wir ja dahin, doch das fanden wir dann doch etwas übertrieben. Ich ging noch mal in das Hotel, um zu fragen, ob sie uns in Burgos ein Zimmer reservieren könnten. Ich hatte den Rucksack abgenommen und die Haare gekämmt – und da bekamen wir plötzlich in dem alten Pilgerhospital, heute Hotel Paradore, ein Schlafzimmer mit einem kleinen Salon.

Ich kann nur mit Bewunderung von den Pilgern sprechen, die in Hitze oder Kälte durch diese über alle Maßen schöne Landschaft gehen.

Zu dieser Jahreszeit blühten die Obstbäume und das erste Grün leuchtete uns entgegen. Ich habe noch nie so etwas Großartiges, wie von Künstlerhand gegliedertes, in die Ferne reichendes Land gesehen. Trotzdem wäre es für mich zu anstrengend, mit der Ungewissheit unterwegs zu sein, abends vielleicht kein Bett zu finden, kein Klo, keine Dusche. Ich gebe zu, ich könnte es nicht oder nicht mehr.

Wir gingen durch die Stadt. Die Kirche hatte zu. Nur ein Seitenschiff war betretbar. Und da hing das Bild einer Maria, die die Füße Jesus mit ihrem Haar trocknete.

Wir gingen weiter, ein Café suchen, und kamen zur Kirche von Franz von Assisi und seiner Statue. Oben auf der Kirche waren sechs oder sieben Storchennester mit brütenden Störchen. »Du siehst, die Tiere wissen, wo sie das dürfen!« Wir waren sehr berührt.

Unter unserem Fenster lebten zwei Hunde: ein Schäferhund und zur großen Freude von Müsselchen ein Rottweiler aus Rottweil. Mit ihrer melodischen Stimme begrüßte sie die Hunde im Hinterhof und sie schauten aufmerksam und etwas überrascht, dass jemand mit ihnen spricht, zu uns hoch. Der Rottweiler robbte langsam näher und setzte sich auf die Hinterbeine, Müsselchen dabei fixierend. Wir waren angekommen.

Als am nächsten Morgen die eigenartig blechern klingenden Glocken der Kathedrale von Santo Domingo zum Gottesdienst läuten, hatten wir unsere erste Nacht im Baskenland verbracht.

Seit langem hatte ich nicht so tief und geschützt geschlafen wie diese Nacht in dem alten Pilgerhospital. Es war laut in den Gängen, denn es wurde eine Hochzeit gefeiert und die Hochzeitsgäste gingen sehr spät schlafen. Müsselchen murmelte: »Der Krach geht uns nichts an«, und wir schliefen weiter.

197

Ich hörte nachts Schritte im Zimmer und sah die Tür sich öffnen und dachte, jetzt kommt der heilige Domingo, der dieses Haus gebaut hat, und segnet uns – und schlief weiter.

Müsselchen meinte am nächsten Morgen, ich hätte geschnarcht und geredet, als ob ich jemand auf Fragen geantwortet hätte. Verstanden hat sie leider nichts.

Das Licht der aufgehenden Sonne mit den Rosawolken verwandelte ockerfarbene Häuser in rosa strahlende wärmeabgebende Wände. Die Dachziegel hatten so etwas Beruhigendes, Mütterliches. Die Luft war klar und mild.

Wir waren beide bei unserer Meditation am Morgen von einer ruhigen Gewissheit erfüllt, dass wir geführt werden.

Wir gingen, als wir unser kleines Auto gepackt hatten, noch in die Kathedrale von Santo Domingo. Im Querschiff der Kathedrale begrüßte uns mit dreimaligem, mit Sicherheit verstärktem Krähen der Hahn mit seiner Henne, der oben hinter einem Glasfenster wohnt, und das Krähen in diesen heiligen Hallen zauberte ein Lächeln auf alle Gesichter der Besucher.

Der Hahn und die Henne erinnern an eine wahre Pilgergeschichte, und zwar an die Geschichte eines jungen Pilgermannes, der mit seinen Eltern auf dem Weg nach Santiago de Compostela war und als Dieb gehängt wurde, obwohl er unschuldig war. Eine böswillige Magd hatte ihm einen Silberkelch in seinem Gepäck versteckt und er wurde daraufhin verurteilt. Seine Eltern setzten todtraurig ihre Wallfahrt nach Santiago fort, und als sie auf ihrer Rückreise wieder in den Ort, in dem ihr Sohn gehängt worden war, kamen, fanden sie diesen am Leben.

Als man nun den Stadtrichter, der gerade dabei war, gebratenes Hühnchen und Hähnchen zu verspeisen, davon unterrichtete, meinte dieser ungläubig, dass wohl das Geflügel auf seinem Teller zu krähen begänne, wenn der junge Mann tatsächlich am Leben sein sollte. Und so geschah es denn auch und die Unschuld des jungen Mannes war für alle Zeit erwiesen. Seit damals werden in dieser Kathedrale eine Henne und ein Hahn in Ehren gehalten. Dies ist nur eines der Jakobswunder, die einem auf dem Weg eben erzählt werden.

Wir fuhren dann nach Altkastilien, nach León, hielten auf dem Weg an der ältesten romanischen Kirche, die leider zu war. Danero hieß das Dorf, halb zerfallen und außer einem alten, zahnlosen freundlichen Mann kein Mensch auf der Straße.

Das Wetter wurde schlechter und schlechter und die Gegend immer flacher. Riesige Felder, aber kein Bauernhof zu sehen. Wer bewirtschaftet diese riesigen Flächen?

Der Pilgerweg, der Camino genannt wird, mit dem Zeichen der Muschel, verlief oft neben unserer Straße und wir sahen einen Mann, allein, mit Wanderstab und Rucksack und einen Kilometer weiter eine einzelne Frau. Meine Hochachtung, in diesem eisigen Wind Kastiliens einsam diese Straße nach innen zu wandern, wuchs mit jedem Kilometer.

Sie mussten noch eine Passhöhe von über tausend Metern überwinden, der Wind pfiff immer stärker, kein Wald hinderte ihn, nur Felder.

Wir stellten unser Auto ab und gingen eine kurze Strecke auf diesem Weg, der scheinbar neu angelegt war und mit seinem warmen gelben Sand einen Sog auf uns ausübte. Wir waren allerdings auch wieder froh, ins warme Auto zu steigen und dem drohenden Gewitter und dem heftigen Regen, der folgte, auf diese Weise entgehen zu können.

So fuhren wir in León ein und fanden unser Hotel, wieder ein altes Pilgerhospital, San Marcus, sehr schnell. Müsselchen fährt ruhig und sicher Auto und ich kann, während sie fährt, alles aufnehmen und genießen. Die Natur einatmen, ihre Schönheit bewundern.

»Du hast Recht, Pan. Die Großartigkeit und die Kraft dieser Landschaft kann das Leid der Pilger aufnehmen und umwandeln.«

Wir waren nun also in der Stadt des Löwen, León bedeutet Löwe. Ich bin Löwe und Müsselchen ist Stier. Es ist sicherlich kein Zufall, dass das wunderbare Bild eines Stieres in unserem Zimmer an der Wand hing.

Das Hotel war wirklich beeindruckend. Vor allem

der Kreuzgang mit seinem aus kleinen Steinen gebauten Fußboden. Immer wieder in Sternenform, an der Decke immer wieder das Lilienkreuz, das ich mir vor acht Jahren auf mein Armband arbeiten ließ.

Wir setzten uns weit auseinander in die alte Halle und fühlten der Energie hier nach.

Ich sah in den Garten des Kreuzgangs auf eine schöne Statue einer Frau, Isabella. Meine innere Stimme sagte mir, dass sich hier in diesen Hallen, in denen vor langer Zeit einmal ein Hospital gewesen war, viel Leid, aber auch viel Freude manifestiert. Müsselchen fühlte die Worte Jesus Christus': »Wo zwei oder drei in meinem Namen beisammen sind, bin ich unter ihnen.«

Die Freude überwiegt hier.

Wir schliefen ruhig ein, mit dem beschützenden Gefühl des Friedensabends und der Freude auf den nächsten Tag.

Ich träumte, dass Wolfgang Frauen Mitte Dreißig für eine bestimmte Filmrolle suchte, u. a. kam auch eine alte Freundin von mir mit Riesen-Tüten, um sich vorzustellen. Sie war schon fünfzig, Wolfgang war trotzdem sehr freundlich, weil sie die Witwe eines berühmten Schauspielers ist und er meine Geschichte kennt. Er fragte sie gekonnt auf seine Weise aus und sie erzählte ihm von ihren Schwierigkeiten. Nicht zum ersten Mal bemerkte ich das psychologische Feingefühl von Wolfgang. Anschließend wollte sie mit uns essen gehen und zeigte uns, was sie in den Tüten für herrliche Kleider gekauft hatte. Für siebzehntausend Mark. Sie brauche das jetzt, um sich neu darzustellen! Die Kleider waren sehr schön. Ein Blazer aus Seide in einem tiefen Blaurot ist mir in Erinnerung.

Als ich aufwachte, spürte ich einen heftigen Schmerz in meiner linken Seite und fing an zu weinen. Da, die erste und gleichzeitig schlimmste Verletzung in meiner Weiblichkeit, die musste ich auflösen. Ich fühlte Pan an meiner Seite.

»Na, meine Liebe? Nun, sieh dir diese Verletzung genau an, schreib sie auf und lass dann dieses Geschehen, das tief in dir ruhte als Dorn, als Stachel, los. Ziehe ihn heraus und sei frei.«

Es fällt mir sehr schwer, in das Vergangene einzusteigen und dazu zu stehen. Ich war ungefähr neunzehn Jahre alt und am Maxim-Gorki-Theater, einem Tourneetheater der ehemaligen DDR, engagiert. Ich wurde von dem berühmten Berliner Kritiker Fritz Erpenbeck ausgesucht, als eine der Begabtesten in den Theaterferien an einem Fortbildungskurs irgendwo in Thüringen teilzunehmen.

Ich war die einzige Schauspielerin aus der Provinz. Die anderen kamen alle aus Berlin. Ich verliebte mich in einen der Berliner Schauspieler, der wunderschön aussah, der mich jedoch nicht beachtete.

Ich fuhr wieder in mein Engagement in der Nähe von Dresden, ich glaube, ich wohnte damals in Radebeul. Aus meiner Zeit an der Schauspielschule in

Halle hatte ich eine Freundin, die etwas älter war als ich und mittlerweile in Berlin an der Staatsoper große Rollen sang, ein aufsteigender Stern am Sängerhimmel, Anny Schlemm. Meine Liebe zur Oper hatte uns zusammengeführt.

Anny lud mich, wenn ich frei hatte, immer wieder zu sich nach Berlin ein und beschützte mich auf eine ganz besonders liebe Weise. Ich bewunderte sie, z. B. auf Proben mit dem Vater Kleiber, als sie die Rolle des Oskars im Maskenball probierte, wie sie sich profihaft, humorvoll und naiv gegen all die großen Musiker durchsetzte. Wenn sie sang, heulte ich meistens Rotz und Wasser.

Als ich wieder einmal zu ihr fuhr, traf ich auf dem Bahnhof Friedrichstraße, just bei meiner Ankunft, den besagten wunderschönen Schauspieler aus dem Begabtenkurs. Er war unglaublich freundlich.

»Ja, was machst du denn hier?«

»Ich besuche meine Freundin, Anny Schlemm!«

»Anny Schlemm? Wie schön! Willst du mit zur Generalprobe kommen ins Schiffbauerdamm-Theater?«

Ich glaube, es war ein Stück von Nestroy. Ich war völlig in Trance, dass dieser berühmte Mann mich in ein Berliner Theater zur Probe einlud. Mein Koffer kam in die Garderobe und ich saß verzückt im Zuschauerraum. Er war wirklich großartig und er war sehr schön. Hinterher nahm er mich mit noch anderen Kollegen zum Essen mit. Ich fühlte mich geehrt und saß am Tisch mit lauter Berliner Schauspielern.

Am Nachmittag meinte er: »Komm doch mit mir nach Hause, meine Eltern sind verreist, wir haben ein großes Haus, du kannst im Gästezimmer schlafen, deine Freundin kannst du später immer noch besuchen.«

Ich werde nie vergessen – wir fuhren mit einem Motorrad, den Koffer auf dem Schoß, in eine schöne Gegend mit lauter Villen und da wohnte er. Ich war hin und weg. Das schlechte Gewissen gegenüber Anny Schlemm verdrängte ich. So war ich fast acht Tage bei ihm und nichts geschah. Er war liebenswürdig, entzückend, rücksichtsvoll – bis er mich eines Abends, ich war wirklich reif dafür, in sein Zimmer holte und bei leiser Musik einfühlsam zur Frau machte.

Es war so eine Harmonie zwischen uns, dass ich nach ein paar Tagen, die ich zu den schönsten meines Lebens zählte, ganz tief glücklich wieder zurückfuhr in mein Engagement.

Ich schrieb ihm jeden Tag Briefe, bekam jedoch nie eine Antwort. Ich rief Anny Schlemm an, weil ich so verzweifelt war. Doch die sagte mir klipp und klar, dass sie nie wieder mit mir sprechen wolle, sie hätte sich solche Sorgen um mich gemacht und wenigstens ein kleines Lebenszeichen hätte ich ihr ja geben können.

Nun nahm ich all meinen Mut zusammen und

fuhr, als ich wieder frei hatte, nach Berlin. Ich wohnte bei einer anderen Freundin aus Halle in Nikolassee, stellte mich nach der Vorstellung ans Bühnentürl vom Schiffbauerdamm-Theater und wartete auf meinen Angebeteten.

Er kam mit seinen Kollegen, sah mich erstaunt und befremdet an.

»Was willst du denn hier?«

Ich stotterte: »Mit dir sprechen!«

»Entschuldigt mich! Ich komme nach«, meinte er in Richtung der Kollegen, nahm mich ziemlich heftig am Arm und zog mich in Richtung Spree. Ich glaube, wir standen in einer Ruine in der Dunkelheit.

Ein völlig veränderter Mann.

»Ich will dir eines sagen, ich hasse es, wenn man hinter mir herläuft. Ich habe nichts zu tun mit einer Provinzschauspielerin. Ich hasse außerdem deine festen Schenkel, ich liebe morbides Fleisch und ich liebe erfahrene Frauen und jetzt hau ab!« So ungefähr.

»Ja, ich weiß«, hörte ich Pan. »Du standest an der Spree und überlegtest, ob du in das eiskalte Wasser springen solltest, aber du kannst ja schwimmen.«

»Woher weißt du?«

»War die Idee nicht gut, dass du erst springst, wenn dich morgen in Berlin kein Intendant engagiert?«

»Von dir?«

»Hm, ich bin sprachlos!«

»War doch gut, dass dich nicht Brecht, sondern Rodenberg engagierte und dich nach Weimar schickte!«

»Ja, genial!«

»Doch der Stachel deiner Verletzung saß und sitzt noch immer, meine Liebe, und diesen Stachel musst du ziehen und sämtlichen Beteiligten verzeihen.«

»Geliebter Pan, ich habe verziehen und ich habe den Stachel nun, glaube ich, gezogen. Ich wünsche mir nichts sehnlicher, als frei zu sein und meine weibliche Seite, den linken Spiegelsee, ebenfalls mit einem Schwan zu bevölkern. Ich war der Meinung, ich hätte dies alles schon erledigt.«

»Nun warte mal, was auf diesem Weg alles noch hochkommt.«

Wir fuhren von León aus eine kleine Straße, immer am Camino entlang, bei strömendem Regen über einen Pass, und da fing es sogar an zu schneien. Oben auf dem Pass war angeblich ein Kreuz mit Steinen. Doch der ganze Wald war verbrannt und umgepflügt und wir dachten, dass es den großen Steinhaufen nicht mehr gäbe. Endlich fanden wir einen kleinen Steinhaufen mit einem kleineren Kreuz und ich nahm Abschied von einem Stein, den ich extra aus dem Garten der Aphrodite mitgebracht hatte. Da noch nicht viele Steine dalagen, fiel er hinter das Kreuz auf die Erde und ich ließ alles los. Müsselchen ebenfalls.

Später sahen wir dann das große Kreuz mit dem riesigen Steinhaufen, doch wir hatten bereits alles, was uns am Herzen lag, bei dem kleinen Stein abgeladen.

Die Gegend und das Wetter wurden immer unwirtlicher, völlig einsam, rau und unwirklich und trotzdem trafen wir zwei Radfahrer und Fußgänger, sie waren pitschnass und schauten gar nicht mehr hoch. Wir waren dankbar für das Auto und für das Hotel, das wir in Villafranco del Bierzo fanden. Ich war so durchgefroren, dass ich eine halbe Stunde in der heißen Wanne lag und an die Pilger dachte, die hoffentlich in der Nacht wenigstens ein Dach über dem Kopf hätten.

Wir meditierten am nächsten Morgen und beschlossen, erst am darauffolgenden Tag bis Compostela weiterzufahren.

Wir schlenderten durch Villafranco und standen meist vor verschlossenen Kirchen. Sie waren teilweise romanischen Ursprungs und es gab auch eine Tempelritterburg, die uns sehr interessiert hätte, die jedoch ebenfalls für *visitors* geschlossen war. Na ja!

Wir gingen weiter durch die Stadt über einen Markt und dann den Pilgerweg ungefähr fünf Kilometer. Wir fühlten, wie es sein könnte, gehen, gehen, gehen, immer weiter. Die Sonne schien und es regnete ganz feinen Sprühregen. Über dem Tal hing sehr lange ein Regenbogen. Die Verbindung Gott und Mensch – Himmel und Erde.

Der Flieder blühte, doch er duftete nicht. Die Pfingstrosen standen in voller Blüte und versprühten betörende Gerüche. Mimosenbäume blühten und das Wasser stürzte in mehreren Flüssen hinunter ins Tal. Großartig haben unsere Vorfahren auch ihre Kirchen und ihre großen Hospitäler gebaut, die heute meist zu Hotels umgebaut sind und die man überall in Spanien sehen kann. Was für geistige Schönheitsmonumente haben die Alten gesetzt? Dagegen machen die heutigen, fantasielosen Betonbauten einen ganz traurig.

Nach unserem Fußmarsch haben wir dann um halb ein Uhr etwas gegessen, einen schönen frischen Salat und eine sehr delikate Süßspeise, und in den immer währenden Regen geschaut.

Wir sind ziemlich früh ins Bett. Müsselchen hat aus dem Buch einer jungen Frau vorgelesen, »Santiago westwärts«, und wir haben beide geweint, so, als ob wir alle dieselbe Sehnsucht hätten, irgendwo endlich anzukommen. Und wenn wir da sind, geht der Weg immer weiter.

Etwas in uns hat geweint. Diese endlose Sehnsucht nach Gott, endlich zu ihm heimzukehren in Frieden.

Doch solange wir hier auf der Erde sind, geht der Weg immer weiter, der Camino, der Pilgerweg, mit dem Pilgerstab und der Jakobsmuschel um den Hals.

XIII

*Wir können die Probleme der
Erde erlösen*

»Zebedäus, was wird mir dein Name sagen?« Vielleicht, dass wir Gebende sein sollen und Gabe?

»Das Puzzlespiel, meine Liebe, wie du es nennst, hört dann auf, wenn du es schaffst, die Verbindung zu deiner inneren Stimme immerfort aufrechtzuerhalten. Wenn du deinem Ich-Bin, der Gegenwart Gottes in dir, eine immer während Aufmerksamkeit schenkst, nach innen lauschst und deine äußere Persönlichkeit, so schwierig es auch ist, in jeder Situation Ruhe bewahrt.«

»Bei meiner emotionalen, gefühlsbetonten Löwennatur ein weiter Weg.«

»Verliere nur nicht den Mut! Du bist auf einem guten Weg. Ich muss dir jetzt auch einmal ein Kompliment machen, meine Tochter. Damals mit neunzehn, als du an der Spree standest und in deiner Verzweiflung springen wolltest, hast du schon auf deine innere Stimme, auf mich, gehört. Du hast das, was du gehört hast, sofort am nächsten Tag in die Tat umgesetzt und in Berlin an drei Theatern vorgesprochen und gewonnen. Der alte Hans Rodenberg hat deine Kraft und Gesundheit erkannt und vor allem deine Lernfähigkeit und dich noch einmal auf die Stanislawski-Schule nach Weimar geschickt.«

»Und jetzt mache ich dir ein Kompliment! Du hast ihm das eingegeben, denn diese Zeit im Schloss Belvedere mit den wunderbaren Lehrern Armin Gerd Kuckhoff, Ottofritz Gaillard, Professor Lang und die Dietrich – Gott möge sie segnen – war eine wirkliche Schule des Lebens für mich und eine glückliche Zeit der ersten Liebe mit Götz Friedrich, den ich ja sonst nie kennen gelernt hätte.

Alles auf deinem Mist gewachsen. Ich danke dir.

Ich verstehe immer mehr, wie wir von langer Hand hingeführt werden, das Göttliche zu verstehen.

Übrigens muss ich dir gestehen: Auf dem Stückchen Pilgerweg, den ich heute mit Müsselchen gegangen bin, erinnerte ich mich an unseren Fluchtweg aus der Tschechoslowakei, zu Fuß, mit nichts über das Erzgebirge nach Deutschland. Ich mit dreizehn allein, ohne meine Eltern, weil mich ein Tscheche heiraten wollte und Mutter mich mit wildfremden Flüchtlingen, die aus der Slowakei gekommen waren, nach Deutschland schickte.

Meine Mutter ging kurze Zeit später diesen Weg mit vier Kindern, einem Kinderwagen, ihrer alten Mutter und ihrem Bruder Karl. Sie musste alles hinter sich lassen, auch ihren Mann, der mit vielen anderen deutschen Männern in einem Arbeitslager in Maltheuern gefangen gehalten wurde. Das war ein echter Pilgerweg, nichts mehr hinter sich und auch nicht wissen, was vor ihnen lag. Nur Vertrauen und Mut zum Leben.«

Als ich mit diesen Gedanken an meinen Weg im Bett lag, merkte ich, dass ich eine unruhige Nacht vor mir hatte. Die Energien waren wieder sehr hoch, mein Herz ging schneller als sonst, was Müsselchen mit Genugtuung feststellte, denn ihr Herz geht immer sehr schnell, doppelt so schnell. Ihr Vater hatte denselben schnellen Herzschlag und wurde damit sechsundachtzig.

Als ich endlich einschlief, traf ich in einem fahrenden Zug oder Bus (auf jeden Fall fuhren wir) Günter, der mich fünf Jahre meines Lebens begleitet und wegen dem ich dann vier Jahre wie ein Hund gelitten hatte. Er hatte, wie ich ungefähr im vierten Jahr bemerkte, neben mir andere Frauen. Heute ist er schon auf der anderen Seite, also er ist tot. Ich sagte ihm, ich habe gehört, er wäre wieder mal frei und meine Liebe zu ihm sei anders, ich hätte jedoch nicht aufgehört, ihn zu lieben.

Er war ziemlich kühl. Ja, so ein Leben der Reinheit, fernab vom Beruf, und noch dazu auf dem Lande, wie ich es lebe, das wollte er nicht. Da sei er spätestens in einem Jahr wieder weg.

Auf einmal standen wir auf der Straße, wussten nicht mehr so recht, was wir miteinander sprechen sollten. Ich bedankte mich, dass er mich malen gelehrt habe und »Die Reise nach Tilsit« und »Zauberer Gottes« seien schöne Filme – Arbeiten von uns. Wir hatten etwas umgesetzt.

»Hast du zu tun? Kannst du leben?«, fragte er.

Ich antwortete: »Ja, genug!«

Und ohne ein leises Bedauern stieg ich wieder in das Fahrzeug. Oder doch ein leises Bedauern? Ich wachte auf – also noch mehr Aufarbeiten auf dem Weg nach Compostela.

Es war immer noch diese hohe Energie. Mein Lehrer von der Schauspielschule, Francesco Sioli, mit einem Titanenkopf und mit seinen siebzig Jahren unglaublich vital, streng, fordernd, stand vor meinem geistigen Auge. Er liebte dieses siebzehnjährige Mädchen und wollte meine Reinheit bewahren. Jeden Tag schrieb er mir einen Brief, lehrte mich die Weltliteratur.

Da ich Dialekt sprach, nahm er mir die Hemmungen, indem er Dialektrollen mit mir studierte, z. B. die »Rose Bernd« oder die »Luise Hilse«. Dann probte er trotz meiner Jugend mit mir die »Medea« und die »Iphigenie«, weil er meinte, ich werde erst mit vierzig richtig Karriere machen.

»Sieh den Beruf wie eine Priesterin. Wenn du den Beruf eines Mannes wegen verlässt, wird er dich auch verlassen. Doch wenn dich der Mann verlässt, wird der Beruf weit seine Arme öffnen und dich wieder auffangen.«

Francesco Sioli begleitete mich mit täglichen Briefen von meinem ersten Engagement bis zur

Geschichte mit dem Mann in Berlin. Der letzte Brief hieß: »Treulose Cressida«.

Ich habe »Troilus und Cressida«, das Stück von Shakespeare, bis heute nicht gelesen.

Danke Francesco Sioli.

Mussten auf diesem Pilgerweg alle Männer meines Lebens wieder auftauchen, um den Stachel wirklich zu beseitigen?

Am nächsten Tag fuhren wir bei strömendem Regen die Pilgerstraße nach Compostela, am Pilgerweg entlang. Dabei fielen mir noch mehr Bilder der letzten Nacht ein. 1958, im September, stieg der kleine Alexander, mein Sohn, in einem blauen Mäntelchen mit blauer Schildmütze, allein aus dem Flugzeug in Hannover, in das ihn meine Mutter in Berlin gesetzt hatte. Ich rechnete nach, er war damals erst eineinhalb Jahre! Und ich dachte immer, Alexander sei schon drei gewesen, als ich Berlin verlassen habe.

Der Flug hatte ihn sehr beeindruckt. Bei jedem Motorengeräusch hob er seine kleinen Finger: Horch, Flugzeug.

Ich nahm mir vor, den ganzen Schmerz auf der Strecke irgendwo hinauszuschreien. Dann sah ich vor meinem dritten Auge eine rote, leuchtende Sonne, die mich tröstete. Irgendwo auf dem Pass, der noch schneebedeckt war, ließ mich Müsselchen aussteigen und fuhr ein Stück weiter. Und ich keuchte dreimal einen Schmerzensschrei in die Bergwelt. Der Druck auf der Brust war erst mal weg.

Als wir dann endlich in Santiago de Compostela waren, zögerten wir den Besuch der Kathedrale etwas hinaus, gingen durch die von vielen Jugendlichen belebten Straßen, tranken einen Kaffee, aßen Kuchen.

Dann wagten wir uns in die Kirche.

Wir begegneten zuerst Maria Salome, der Mutter von Jakobus. Jakobus selbst war sehr belagert. Wir gingen sehr beeindruckt in der riesigen Kathedrale herum, dann nach links in ein kleineres, altes romanisches Seitenschiff. Da saß ein Pilger, die Hände vor die Augen gepresst, an einer Säule, der schwere Rucksack daneben. Er war angekommen. Seine schmerzliche Andacht nach diesem Wahnsinnsweg durch Schnee und Kälte, Berg auf Berg, bergab, bergauf und tagelang im Regen berührte uns beide. Wir setzten uns vor die Statue der Maria und weinten für ihn, für uns und teilten uns das Papiertaschentuch.

Ich entdeckte Jesus oder Jakobus, der einen Engel anbetet und Bittbriefrollen der Menschen trägt. Ich lehnte meinen Kopf an seine Seite und fragte, warum ich gerufen wurde.

Beim Hinausgehen sah ich plötzlich die Statue von Zebedäus. In keinem Buch über Compostela wird erwähnt, dass es hier eine Statue von Zebedäus gibt. Er strahlte eine unglaubliche Wärme aus. Auch ihm stellte ich meine Frage in sein gütiges Gesicht und fühlte ganz tief innen, dass ich morgen früh um acht Uhr in die Kirche kommen sollte, zu ihm, zu Zebedäus.

»Pan, schweigst du? Lässt du mich allein?«

»Ich habe dich bis hierher gebracht. Ich übergebe dich nun deiner eigenen Gottgegenwart Ich-Bin, deiner inneren Stimme. Zebedäus hat dich in dieses Sternenfeld gerufen und du bist gekommen. Du hast das Licht am Ende des Tunnels gesehen. Dein Weg, wenn du ihn demütig, auf deine innere Stimme hörend, gehst, führt ins Licht.«

»Pan, verlass mich nicht!«

»Ich verlasse dich nicht. Deine Führung kommt jetzt direkt aus dem Christusbewusstsein. Sei bereit! Du hast in der vergangenen Nacht mit Schmerzen noch einmal den Pilgerweg zurückgelegt, rückwärts, bis zum Berg der Freude. Nun werde leicht und gehe den irdischen Pilgerweg und nehme so viel Menschen wie möglich mit auf diesem Weg.«

»In tiefer Liebe danke ich dir und ich bitte dich, wenn ich dich rufe, mich zu hören.«

Am Morgen ging Müsselchen um halb vier Uhr in die Kirche, doch die war verschlossen. Ich meditierte bis sieben Uhr, stand dann jedoch auch auf dem riesigen Platz vor der verlassenen Kirche. Ich betete und kurz vor acht war ich wirklich verzweifelt, ging noch mal zurück ins Hotel, fragte den Portier, wann denn die Kathedrale endlich öffne, und er verwies mich zum Seitenportal.

Punkt acht stand ich vor Zebedäus. Ich war durch meine innere Stimme sehr mit ihm verbunden. Ich hörte: »Mein Kind, du siehst uns hier, Salome und mich, als Statuen an der Wand, doch wir sind lebendig. Glaube es uns. Deshalb haben wir dich gerufen, da du einstmals eins mit uns warst, da du die Kraft der ersten Stunde, die Kraft des Christusbewusstseins – die auch Johannes und Jakobus getragen hat – den Menschen neu ins Gedächtnis bringen sollst.

Der auferstandene Christus war die Botschaft für alle Menschen, nicht die Kreuzigung, nicht die Anbetung des Gekreuzigten.

Nehmt ihn herab, erlöst ihn aus diesem Todessymbol, ihr nehmt euer göttliches Selbst damit herab.

Eure Christuskraft ist gekreuzigt, ihr seid gekreuzigt und ich muss in wilder Wehmut sagen, dass wir das nicht wollten, mein Sohn Jakob nicht und Johannes erst recht nicht.

Dies ist die Botschaft des Zebedäus. Die Probleme der Erde hängen mit diesem, eurem verhängnisvollen Irrtum zusammen. Wer ihn auch immer – vielleicht im besten Glauben – an dieses Kreuz genagelt hat, hat einen verhängnisvollen Irrtum für die ganze Menschheit damit begangen.

Steht auf, meine Kinder, und der, den ihr am Kreuz anbetet, der wird euch helfen.«

Erschöpft lag ich nachher eine Stunde auf dem Bett im Hotel und die Energien wurden langsam leichter. Müsselchen schrieb in der Zwischenzeit fünfzehn Karten an ihre Freunde und wir dachten an unsere Zeit in Israel, ans Tote Meer und als wir uns im Garten Gethsemane schon damals Jesus sehr nahe gefühlt hatten.

Wir ließen uns dann in Compostela treiben. Ein großer Baum aus einem Park erweckte unser Interesse und wir gingen in diesen Park, der wunderschön angelegt ist mit über und über blühenden Kamelienbäumen. Eine Allee von Eichen führte zu eben diesem Baum, der auf einem Hügel, die Stadt unter sich lassend, stand. Auch hier erinnerte ich mich an den Blick vom Garten Gethsemane auf Jerusalem.

Ein großer alter Eukalyptusbaum, das Gegenstück zur gegenüberliegenden Kirche – die Naturkathedrale.

Wir setzten uns auf eine Bank in die Sonne und Müsselchen sah, dass wir uns auf dem Platz der Geisteswissenschaften und der galizischen Dichter niedergelassen hatten. Vielleicht segneten sie uns mit ihrem Wissen.

Dann ließen wir uns weiterführen in ein Restaurant, aßen etwas, gingen dann etwas schlafen in unser schönes altes Hotel und ich malte die Landschaft des Pilgerwegs, die ich unterwegs im Auto in den verschiedenen Stimmungen skizziert hatte.

Müsselchen schrieb und wir fühlten uns ruhig und unsere gemeinsame Entwicklung der letzten Jahre, die nicht immer einfach gewesen war, fiel nun auf einen guten Boden.

Wir ließen uns später weitertreiben. Auf einmal standen wir vor der Kirche der Maria Salome, der Frau von Zebedäus, einer einfachen schönen Kirche. Wir saßen da eine Weile und beteten jeder für sich. Ich hörte immer: »Schreibe, schreibe, mein Kind, und segne, segne.«

»Ja, aber Salome, wenn ich das alles schreibe, werden mich die Menschen ja verhöhnen!«

»Ja, mein Kind, auch das gehört dazu!«

»Warum sagst du Kind?«

»Na rate mal, warum? Willkommen Martha und Maria!«

Wir gingen noch zum Sonnenuntergang auf den großen Platz, bewunderten das Licht. Rechts neben der Sonne bildete sich ein Lichtregenbogen, wie ich ihn oft auch am Bodensee gesehen habe. Wir tranken ein Glas Rotwein, aßen Oliven und gingen ins Bett.

Am nächsten Morgen saß ich pünktlich um halb neun Uhr wieder in der Kirche vor der Statue des Zebedäus.

In der Nacht hatte ich von Wolfgang geträumt. Er hatte schneeweißes Haar, sah sehr bedeutend aus und sagte, er habe in meine Papiere geschaut und festgestellt, dass ich ja schon seit fünfzig Jahren allein lebe. Da wachte ich auf und widersprach: »Das stimmt nicht!«

Ich ging dann in die Meditation und fragte immer wieder Zebedäus, warum? Zebedäus, warum?

»Um euch aufzurufen, als Frauen heute die Jüngerschaft zu übernehmen, den Gralsweg zu gehen. Ihr seid meine Schülerinnen. Wie das aussehen wird und wie du ihn gehen willst und wie Martha ihn gehen will, müsst ihr selbst entscheiden. Die Probleme der Erde, die dir so am Herzen liegen, könnt ihr, wenn ihr als Menschheit aufbrecht ins Christusbewusstsein, erlösen.«

All diese Botschaften waren auch für mich sehr schwer anzunehmen und noch schwerer würde es sein, sie weiterzugeben. Wenn ich dies jedoch nicht täte, hätte ich ja nicht nach Compostela fahren müssen.

Wir gingen zum Jakobus, umarmten ihn. Wir legten heute unsere Hände auch in die Nische am Eingang und unseren Kopf auf den Kopf von David, eine schöne Demutsübung, und ich übergab ihm meine Bitte für unsere Erde. Dann legten wir den Kopf dreimal auf den Steinkopf des Matheo und baten um mehr Intelligenz und Unterscheidungskraft. Das ist dort so eine lustige Zeremonie, die die Studenten machen, damit sie intelligenter werden. Na ja, wir werden ja sehen, ob die Intelligenz uns segnet.

Dann kamen zwei Männer, zwei Pilger, mit dem

Stab, mit dem aufgerissenen Gesicht des langen Weges an das Portal mit dem segnenden Christus und dem gütigen Jakob darunter. Das Sternenfeld Compostela. Da sah man, was im Menschen geschieht, wenn er diesen Weg geschafft hat. Das bedeutet mehr als Glauben. Wir spürten ihr bis auf den Grund aufgewühltes Sein, es geschafft zu haben, was sie nun Wochen vor sich gesehen hatten. Sahen die Umwandlung, die in ihnen stattfand, und gingen tief bewegt, ergriffen weiter, um sie allein zu lassen.

Wir setzten uns in den ältesten Teil der Kathedrale zu Maria. Da kam ein junger Mann, es war immerhin schon zehn Uhr, und nahm den diversen Heiligen das Geld aus der Kasse, mit lautem Klirren schepperte das Geld in eine Schachtel, aus dem elektrischen Kerzenkasten besonders viel. Hier gibt es keine Kerzen mehr, alles wird elektrisch angeknipst – gegen Bezahlung. Wir waren wieder total in der Gegenwart und Müsselchen meinte: »Opium fürs Volk.«

Wir gingen und gaben einem jungen Mann, der seit Tagen beim Zebedäus steht, wie wahnsinnig geworden auf dem Weg, etwas Geld, wofür auch immer. Er schaute nicht auf, nahm es nicht wahr. Er stand schon morgens, als ich in die Kirche kam, am Eingang, an die Wand mit seinem Rucksack gelehnt, und schlief im Stehen. Wir hatten ihm schon gestern Abend etwas in seine Tasche gegeben und anscheinend hatte er auch etwas zu essen in Tüten. Wenn wir abends in die Kirche kamen, war er noch immer da, die Haare vorm Gesicht, in sich gefallen, allein. Welche Schuld hatte er da auf seine schmalen Schultern geladen? Möge er Erlösung finden.

Es war überhaupt alles so, als ob ich neben mir stünde und das ganze Geschehen als unwirklich empfände.

»Pan, du fehlst mir!

Pan, du hast mir den Weg in das Land meiner Seele gewiesen, an deiner Hand habe ich meine Spiegelseen entdeckt und meine Felder gereinigt, die Schicksalsnornen kennen gelernt und nun ist wieder ein Faden geschnitten, Abschied und Neu-anfang.

Die Blume meines Lebens hast du mir bewusst gemacht. All diese Führungen, als Gleichnisse für alle Menschen, in meine Feder diktiert. Ich bitte dich, erhebe noch einmal deine Stimme in mir, flüs-tere mir zu, ob es wirklich wahr ist, dass du mich nun verlässt.«

»Ich habe dich schon verlassen, du bist auf dem Weg, sei gesegnet!«

XIV

Hört auf das Flüstern Pans

Wir haben Santiago de Compostela mit unserem kleinen Auto in Richtung Gijón verlassen. Es regnete, regnete die ganze Fahrt. Dort angekommen, gingen wir gleich ans Meer und waren dankbar, wieder in der Natur zu sein. Sand, Wasser, Wind, Geruch nach Seetang und Salzwasser. Müsselchen zog die Schuhe aus und ging fröhlich in den Atlantik. Ich war leider mit Strumpfhosen behaftet, das wäre zu umständlich gewesen.

Dann gingen wir die Strandpromenade entlang und wieder befanden wir uns auf dem Pilgerweg. Müsselchen reflektierte über unsere Reise, dass sie es nicht akzeptieren könne, dass die Kirche die Menschen in ihrem Schuldgefühl belasse. Der Pilgerweg müsste ein Weg der Freude, nicht des Todes sein.

Nach drei Tagen haben wir dieses Compostela, dieses Stein gewordene Sternenfeld, diesen Stein gewordenen Glauben verlassen, den nur die echten Pilger aufrechterhalten. Alles andere ist Fassade, eher belastend und unendlich schwer. Nur der Weg dahin ist das Ziel.

»Mein geliebter Pan, ich will es nicht akzeptieren, dass du mich nun nicht mehr führst! Solange ich auf der Erde gehe, bitte ich um deine Führung, dein Wissen, deinen Humor. Ich bin ein Stück Natur, du kannst mich nicht verlassen!«

»Sieh zu, wie du mit deiner inneren Stimme zurechtkommst!«

»Du bist meine innere Stimme, über unsere Ich-Bin-Gegenwart sind wir immer verbunden!

Wir wohnen an einem Bach und zwei sehr alte Platanen stehen vor unserem Fenster. Vor vier Tagen hast du mir noch ein Kompliment gemacht und heute nun soll ich dich nicht mehr erreichen?«

»Willst du mich mit dem Bach, mit der Platane locken?«

»Ja, bitte! Gott, bin ich froh! Sei wieder da! Ich habe heute Nacht im Traum schwarze Hunde gesehen, die auf mich zukamen, und da wusste ich, es ist eine Prüfung, ob ich dich loslasse.«

»Du lässt mich nicht los?«

»Nein, ich kann nicht, dann muss ich an gebrochenem Herzen sterben! Willst du das?«

»Das ist Erpressung, meine Liebe!«

»Nein, Liebe, mein Lieber!«

»Akzeptiert!«

»Gott sei Lob und Dank! Dir sei Dank, Pan. Wenn ich jetzt schön singen könnte, würde ich singen ›Halleluja‹, oder wenn ich tanzen könnte, würde ich tanzen vor Freude im Bett.«

»Gut, tanzen wir!«

»Akzeptiert!«

»Was nimmst du nun von dieser Reise, die dich zu Zebedäus geführt hat, mit in dein Leben?«

»Das kann ich noch nicht sagen! Weißt du, mir waren die Lehren der Essener und auch die von Jesus immer vertraut und ich kann dieses Kreuz mit dem gekreuzigten Körper nicht mehr sehen, weil das Erlebnis der Kreuzigung in mir eingebrannt ist. Aber ich lebe ja heute, da nützt mir das Wissen, dass ich offensichtlich die Tochter des Zebedäus gewesen bin, gar nichts.«

»Doch, doch, meine Liebe! Es nützt, glaube mir! Du kannst sicher sein, dass diese Reise für Müsselchen und für dich eine eminente Bedeutung hatte und haben wird.«

»Geliebter Pan, wie kann ich meiner Freude Ausdruck geben, dass ich dich wieder höre und fühle?«

»In dem du Freude lebst! Damit wollen wir heute schließen! Schlafe in Frieden!«

»Du auch!«

Wir schliefen in tiefem Frieden.

Nach unserer heute sehr kurzen Morgenmeditation meinte Müsselchen: »Siehst du, das ist es! Du bist immer fröhlich. Schaffst Schönes, an ihren Taten werdet ihr sie erkennen. Nicht ans Kreuz genagelt und im Elend unfähig, etwas zu tun.«

O mein Müsselchen! Ich bin dankbar, dass es dich in meinem Leben gibt. Eine so starke, aufrichtige, in sich ruhende Frau.

Wir fuhren am nächsten Morgen um zehn Uhr von Gijón weg, durch eine grüne, hügelige, fruchtbare Gegend am Meer entlang, hielten in einer Bucht, die uns anlockte, La Espasa, gelber Sand, weit, groß, menschenleer. Die Sonne schien und wir zogen uns die Schuhe aus, diesmal hatte auch ich nur Socken an, und wir gingen im eiskalten Wasser und atmeten die herrliche, weiche Luft ein. Es war fast warm. Wir fanden formschöne Steine, viele aus Marmor, groß, rund, abgeschliffen vom Meer.

Wir bauten Heidi ein Stillleben und fotografierten es für sie. Steine in Hülle und Fülle für den Garten. Müsselchen meinte, wenn Heidi die sähe, nähme sie einen Lastwagen mit Anhänger und führe hierher.

Wir fuhren nach eineinhalb Stunden weiter. Unser Ziel war Garabandal, der Erscheinungsort Marias und des Erzengels Michael. Die Fahrt dahin auf einer engen, aber guten Straße, durch hohe Felsen an einem Fluss entlang, in dem jungen Grün, war erhebend. Dann über einen Pass durch weite Täler und Berge, viel Grün, Tiere auf der Weide, niedliche Ziegen mit ihren Jungen, die vor Freude kreuz und quer hüpften, wilde Pferde auf der Straße, mit schönen Gesichtern und einem Pferd, dem sie gehorchten, das trächtig war und eine Glocke um den Hals trug. Dann wieder kleine Dörfer und immer Kirchen. Einsam und ab vom lauten Leben. Und endlich nach langen gewundenen Wegen – Garabandal.

Wir parkten unser Auto neben den vielen anderen an der Straße. Es war Sonntag und so waren viele Menschen hierhergepilgert. Irgendwie war das Dorf und die vielen Leute bedrückend. Wir gingen erst einmal falsch einen steilen Weg nach oben, merkten es und gingen dann dorthin, wo Maria erschienen sein soll. Auch dieser Weg war steil und sehr steinig, schwierig zu gehen für viele.

Eine Frau lag am Boden und zwei junge Männer bemühten sich um sie, bekamen sie jedoch nicht hoch. Müsselchen ging hin und legte ihr, als sie einigermaßen stand, ihre Hand auf den Rücken. Die junge dicke Frau spürte anscheinend nach einer Weile den warmen Strom, drehte sich um und fragte Inge, auf Spanisch natürlich, wie sie hieße. »Inge!« – »Gracias.« Und sie ging weiter, allein.

Inge kämpfte mit den Tränen.

Wir stellten uns dann abseits. Eine Art Gottesdienst wurde abgehalten, der Pfarrer ging mit der Menschenmenge einzelne Stationen der Kreuzigung betend ab. Die Menschen knieten, beteten und die Hingabe war beeindruckend.

Der Hain, ich möchte ihn so nennen, mit alten Kiefern, hatte eine sanfte heilige Strahlung. Wir hatten auch das Gefühl, uns auf die Erde legen zu müssen, und taten dies bei einem Bild, wo Jesus mit seinem Kreuz einer Frau mit zwei Kindern im Schoß seine linke Hand entgegenstreckt. Und sie ihm ihre rechte, aber die Hände treffen sich nicht mehr. Eine junge Frau in einem grünen Kleid steht hinter dem Kreuz und schaut Jesus wissend an. Ich legte mich hin, das Gras und die Erde dufteten und neben mir wuchsen drei Veilchen, die Lieblingsblume von Saint-Germain. Ein Gruß?

Alles war wieder so schwer und wir wollten doch freudig sein, Freude leben.

Langsam gingen wir wieder zurück, kauften uns Bücher über die Mädchen, die die Erscheinungen hatten, denn was Maria ihnen nun eigentlich gesagt hat, wollten wir doch gern erfahren. Wir fuhren mit dem Auto in Richtung Comillas, suchten ein Hotel am Wasser, gaben jedoch zu früh auf, wie wir bei unserem Spaziergang später merkten, und landeten in einem merkwürdigen, sauberen, alten Haus.

Abends lagen wir in unseren Betten und lasen unsere Bücher. Die Mutter des Besitzers keifte bis halb ein Uhr mit lauter Stimme, ununterbrochen schimpfend, ihren Sohn an. Und die Vorwürfe standen im ganzen Haus. Als ich die Geduld verlor und zu Müsselchen sagte, ich erscheine ihr gleich als Gespenst und stopfe ihr den Mund zu, war erstaunlicherweise Ruhe nach einer Weile. Wir wollten doch die Eindrücke des Tages in Ruhe verarbeiten.

Die Mitteilung, die wir gelesen hatten, war folgende: Wir müssen viele Opfer bringen, viel Buße tun, oft das allerheiligste Sakrament besuchen, vor allem müssen wir jedoch sehr gut sein. Wenn wir das nicht sind, dann wird ein Strafgericht kommen.

Natürlich waren es Kinder, die die Botschaft empfingen und nur ihrem Verstand gemäß aufnehmen konnten. Es ging wahrscheinlich darum, dass die Mächtigen der Kirche nicht mehr den Inhalt der einfachen Glaubenssätze von Jesu lehren.

Wenn, wie ich in Santiago de Compostela erlebte, der Pfarrer die Hostie isst, den Wein hinterher trinkt, um das trockene Ding runterzuspülen, und das Gebet gelangweilt herunterleiert und die Menschen dann ebenso schnell geleiert antworten, ohne das Wort und den Klang eines Gebetes wirken zu lassen, dann würde ich als Maria auch einschreiten und die Kirche dringend um eine Rückbesinnung bitten. Doch jeder soll nach seiner Fasson selig werden.

Wir waren uns einig, Müsselchen und ich, dass wir uns nicht durch noch so schreckliche Prophezeiungen Angst einjagen lassen sollten. Es sind sehr viele Menschen auf dem Weg, auf dem wirklichen Weg, den Vater und die Mutter Gott in sich selbst zu suchen. Und wenn wir heute meditieren, so ist das nichts anderes als ein Gebet.

Am Abend fiel mir auf, dass mein Seelenweg durch so viele Glaubensrichtungen geführt worden war, und jetzt erst konnte ich sagen, ich bin alles gewesen, eine Heidin, eine Priesterin, eine Christin, aber ich bin nicht katholisch und nicht evangelisch.

Müsselchen sagte, dass sie immer in Angst und Schuld erzogen worden sei, zum Beispiel wenn sie vor der Kommunion als Kind was gegessen habe, habe der Pfarrer gedroht, dass sie vom Blitz erschlagen würde oder sich ein Bein breche oder irgendeine Art von Strafe erfolge. Glaubenszweifel war Sünde. Bücher lesen, die auf dem Index standen, war Sünde und zog in jedem Fall Strafe nach sich. Und in der Erziehung wurde mit Schlägen vom Pfarrer nachgeholfen. Er hatte in jedem Unterricht seinen Stock dabei, den er auch gebrauchte. Dieses Schuldgefühl hat man ihr richtig eingebläut, dass sie sich im Grunde bei allem, was sie freiheitlich tun wollte, schuldig fühlte. Von diesem Muster wieder los zu kommen, ist sehr schwer. Das bedarf einer langen Arbeit an sich selbst.

Nach einer kurzen Meditation am Morgen in diesem komischen Hotel sprang ich aus dem Bett, voller Energie und in der Gewissheit, dass ich die Wohnung meiner Problemfrau kaufen dürfe. Der Garten der Aphrodite musste einen harmonischen Eingang bekommen. Ich würde es schaffen mit dem Geld und der Problemfrau wäre auch geholfen, wenn sie gehen könne.

Ich rief sie gleich an und sie war freundlich und ruhig. Ich sagte ihr, dass die Entscheidung für mich auch nicht leicht gewesen sei, ich habe ebenso wie sie gerungen. Und nun sollten wir doch miteinander verhandeln. Müsselchen (die genau weiß, was ich kann und was ich nicht kann) würde die Verhandlungen übernehmen. Als es raus war, war ich glücklich. Wir hatten alle so viel Kraft, Zeit, Energie, Liebe und auch mein Geld in den Garten gesteckt, dass ich nicht aufgeben durfte.

»Was sagst du, mein geliebter Pan?«

»Gut, meine Liebe, alles braucht eine Zeit der Reife. Ihr seid jetzt beide aus den Emotionen herausgewachsen, jetzt dürft ihr handeln. Dein letzter Tag hier in Kantabrien hat seine Früchte getragen. Du brauchst weiterhin Zeit zum Wachsen, um deine Träume zu erfüllen!«

»Kennst du denn meine Träume?«

»Ich gebe mir die größte Mühe, dich dahinzuführen, dass du die Kraft hast, sie in die Tat umzusetzen und deine Zweifel zu besiegen.«

»Na ja, weißt du, wenn ich an mein irdisches Alter denke, ist es doch einigermaßen verrückt, was ich mache!«

»Denke nicht daran!«

»Wolfgangs Kommentar zu Compostela war: ›Lauter Verrückte, Bekloppte, die sich auf den weiten Weg zu Fuß machen, um in einer Kirche anzukommen!‹«

»Nur die Verrückten, meine Liebe, geben der Entwicklung der Völker manchmal eine Chance. Sei ruhig verrückt. Nebenwege zu gehen, die in eine Hauptstraße münden, ist doch interessant. Gehe keiner Auseinandersetzung mehr aus dem Weg. Setze dich durch. Stehe ein für das, was du für richtig erkannt hast. Flüchte nicht vor schwierigen Gesprächen, auch nicht gegenüber deinen Freunden!«

»Das ist mein Hauptfehler oder meine Hauptschwäche, ich weiß!«

»Versuche, eine Stärke daraus zu machen!«

Morgen müssen wir um acht Uhr nach Bilbao fahren, das Auto abgeben, heim fliegen. Ich muss übermorgen früh nach Hamburg zu einer Lesung bei den Literaturtagen und ich kann mir noch gar nicht vorstellen, wieder in die Welt der Arbeit zu gehen.

Heute sind wir noch einmal zwei Stunden auf einem Stück Jakobsweg gewandert und haben die Schöpfung Gottes bewundert. Ich denke, Gott will nicht angebetet werden, er braucht das nicht. Wenn wir seine Schöpfung mit Respekt, Liebe und Dankbarkeit behandeln, wäre dieses ein Gebet, ein Liebesbeweis für das, was er geschaffen hat. Das, was er uns als Lebensraum geschenkt hat, ist Schönheit im Überfluss.

Am nächsten Tag sitzen wir im voll besetzten Flugzeug, alles Gepäck liegt auf meiner flachen Maltasche und ich hoffe, meine Bilder heil nach Hause zu bekommen.

Die vergangene Nacht war wieder ohne Schlaf. Die Energien, die in mich über das Kronenchakra einströmten, waren so stark, dass ich hellwach war, wie unter Starkstrom stand.

Müsselchen schlief auch sehr unruhig und morgens fühlten wir uns gekocht und gesotten und richtig durchgebraten und machten um sechs Uhr eine wunderbare Meditation für die Einheit allen Lebens. Das Einssein mit jeder Blume, jedem Baum, jedem Tier. Damit wir alle endlich begreifen, dass der Geist Gottes in allem Leben ist.

Jetzt, nach dieser Zeit des Eintauchens nach innen in die Geschichte des Sternenweges in unsere Vergangenheit, bewegen wir uns wieder voll in die Außenwelt. Ich freue mich auf den Garten, bestimmt blüht jetzt alles, ich freue mich auf Heidi, die uns abholt und der »Regierung« wieder befiehlt, was ich zu tun habe. Sie hat mir schon am Telefon gedroht, dass sie die Rasen-Rechen-Maschine geholt habe und ich das Ding ziehen solle. Helena wird inzwischen das Lexikon studiert haben und behaupten, sie könne alles lesen.

Als wir endlich zu Hause sind, stelle ich schnell fest, dass diese freudigen Erwartungen tatsächlich Wirklichkeit waren.

Der Garten empfing mich in voller Pracht. Alles blühte, die Tulpen, Narzissen, Stiefmütterchen, Gänseblümchen in Hülle und Fülle. Wiesenschaumkraut und der Löwenzahn leuchteten im Gras. Helena zeigte mir glücklich die Schmetterlinge und Bienen, die durch die vielen Blumen angelockt, unseren Garten bevölkerten. Besonders die Christrosen am Waldrand, die in einer solchen Vielfalt ihre Blüten entwickelt haben, machten mich Staunen.

Heidi hatte, während wir weg waren, einen Lastwagen Erde, mit Humus vermischt, auf den neuen Weg verteilt, die Lehmerde überall aufgefrischt und dabei natürlich zu viel gearbeitet: Ihr Handgelenk war entzündet.

»Ja, der Garten verdient es, dass ich ihm einen harmonischen Eingang schenke. Ich bin jetzt überzeugt, dass es die richtige Entscheidung ist. Ich verspreche, an nichts zu haften, was mich umgibt. Alles zur größeren Ehre der Göttin der Schönheit.«

»Meine Liebe, gib keine Versprechen ab, damit legst du dich nur fest!«

Am nächsten Morgen musste ich früh um sechs aufstehen, nach Hamburg. Das Flugzeug hatte Verspätung, sodass ich von einem Termin zum anderen rannte.

Abends war die Lesung. Ich war sehr enttäuscht, dass der kleine Saal nicht mal ganz voll war. Ich habe dies jedoch genutzt, um mit den sechzig oder siebzig Menschen am Ende der Lesung eine Meditation zu wagen, eine Meditation, um die Einheit mit allem, was ist, zu spüren. Hier in Hamburg mit der Erde, mit der Alster, der Elbe und den vielen schönen Bäumen der Hansestadt. Und selbst die Männer, die so was noch nie erlebt haben, waren irgendwie beglückt.

»Was ist los, Pan? Wo bist du? Ich bin in Ruhe, ich

versuche zu lauschen, deine Stimme zu hören. Du schweigst? Wo bist du?«

»Hier in dir! Wir können unseren Abschied noch ein bisschen hinauszögern, doch du musst schon verstehen und vor allem begreifen, wenn ich dir vorschlage, dass du von nun an nur von deiner inneren Stimme, verbunden mit der Kraft des Christusbewusstseins, geführt wirst.

Du solltest dich nicht an mich klammern, sondern fröhlich durch dieses Tor gehen. Du hast das Tor vor deinem inneren Auge schon gesehen. Das Tor mit der rötlichen Sonne. Deine Sonne! Nicht irgendeine. Dein Ich-Bin, die Gegenwart Gottes, die Göttin in dir! Meine geliebte Apfelschnute, alte, liebe Ahnfrau, versuche es!

Ich liebe dich und ich bin eins mit dem Christusbewusstsein. Du kannst dich darauf verlassen, dass Jesus mein Freund ist und alle wirklichen Heiligen ebenfalls. Du hast dich dem Ruf des Zebedäus gestellt, du hast das Reich deiner Seele geöffnet. Du weißt tief innen, was du zu tun hast.

Du kannst weiter versuchen, mit Erda zu sprechen, doch es gibt keine Prophezeiungen, vergiss auch die Prophezeiungen der Apokalypse des Johannes.

Das Blatt hat sich gewendet, das neue Buch ist aufgeschlagen und die Seiten sind leer.

Ihr schreibt das Buch des neuen Zeitalters.

Das Buch mit den sieben Siegeln ist in jedem von euch.

Ich, Pan, der Gott der Natur, bitte euch Menschen, seht euch als Bewohner zweier Welten. Ihr seid irdisch, aber himmlischen Ursprungs. Mit dem Bewusstsein des Allerhöchsten verbunden.

Alles, was ihr tut, sollte nie einem anderen schaden, ob Mensch, Pflanze oder Tier. Der Geist Gottes ist in allem.

Es gibt keine tote Materie. Ein Baum lebt wie ihr. Sein Bewusstsein ist auf einer anderen Stufe, jedoch keinesfalls niedriger als das eure.

Das Leben ist das Kostbarste, was euch Gott schenken konnte. Es ist sein Leben, das Leben ist Gott.

Wenn ihr in diesem Bewusstsein lebt und so in den Tag hineingeht, könnt ihr ab morgen euer Paradies erbauen.

Die Natur ist euer Lehrmeister, und wenn ihr sie nicht achtet, wird sie euch lehren, sie zu achten.

Meine geliebte Apfelschnute! Weine nicht! Gehe weiter! Du bist nicht allein! Ich liebe euch alle. Und die Melodie meiner Panflöte begleitet euch. Hört bitte hin! Hört auf DAS FLÜSTERN PANS.«